U0938227

蝸牛角上問古人

米哈 著

p

目錄

序：古人們的情緒學

在《莊子．則陽》，曾有這樣一段描述：「有國於蝸之左角者曰觸氏，有國於蝸之右角者曰蠻氏，時相與爭地而戰，伏尸數萬，逐北旬有五日而後反。」這段話所指的是，為了蝸牛角上的一點之地，兩國爭鬥不休、流血成河。後來，白居易有句詩更顯得直白：「蝸牛角上爭何事？」不禁令人思索：到底在這樣渺小的生命舞台上，爭的是什麼？

然而，若真要回答這個「爭何事」的問題，答案恐怕是無數的。即便無爭，生活中也充滿掙扎與憂慮。這些情緒縈繞心頭，讓人難以忽視。於是我想，既然我們都身處蝸牛角上，對身外事物充滿未知與好奇，為何不回頭叩問古人，從他們的智慧中尋求答案？

古，不必然意味過去和陳舊，而是一種超越時空的經典。經典，正因其能經受時間的考驗，與人心持續共鳴。它不是一種陳舊的記憶，而是在人類共同經驗中得以歷久彌新的一種聲音。因此，古人的文字與道理，不限於某一時地，而他們的筆墨也在此書中為我們解答了關於生活、關於情緒的九十五條提問。

在書中，你會看到中外古人的隔空呼應，東西方的智慧並列成章。也許有人會擔心（包括我自己）這樣的書寫會「簡化文本」，甚至「錯讀經典」，但我又相信，經典之所以為經典，正在於它的包容，能夠接受多重的解讀。古人賦予文字深刻的意義，而我們則可以在此基礎上，試圖用它們來觀照當代生活，讓讀者在輕鬆的閱讀中體會古人的情緒與智慧。

在此，我抛磚引玉，期待這本書能為你帶來更多的思索與共鳴，讓我們在蝸牛角上，除了叩問，還可以好好地、自在地生活。

八卦

人言之不實者十九

呂坤是明代文人兼思想家，著有《呻吟語》。他從形而上學寫到倫理，更寫到種種為人處世之道，而在〈品藻〉一篇，他寫道：「人言之不實者十九，聽言而易信者十九，聽言而易傳者十九。」

三個十分之九，實在多人！有十分之九的說話者不確實說話的內容，有十分之九的聽者太易相信聽到的說話，又有十分之九的人喜歡將聽到的話傳播出去。這會造成什麼的後果呢？正是流言蜚語。

哲學家大多討厭八卦，呂坤教大家提防「喜傳之口」，而古羅馬斯多葛主義哲學家愛比克泰德（Epictetus）亦說：「盡量保持沉默，或只以一言半語說必要的說話。視乎場合節制發言，別想到什麼說什麼。不要談論角鬥士、賽馬、競技和飲食等隨處可見的話題。最重要的是，不要談論別人，無論是稱讚、責怪或比較。」簡言之，少說話，不八卦。

為什麼哲學家大都不鼓勵八卦？除了因為八卦以假亂真以偏概全的非理性本質，另一個重要的原因是：八卦可以帶來傷害！

二十世紀英國牛津大學哲學家約翰・奧斯丁（J. L. Austin）提出了「言語行為」（Speech Act）理論，即「言語帶有行動力」。舉例，言語上的嘲笑，往往會帶來肢體暴力的欺凌；帶有歧視的所謂笑話，也會助長了實際上的欺壓。

信手拈來的閒言閒語，是不少悲劇與傷害的禍根，那為什麼依然「聽言而易傳者十九」呢？演化心理學家的解釋是：早於史前時代，人類祖先存活所依靠的是分工合作的群體生活，於是人與人之間必須經常分享資訊，而資訊的內容就是「人」，討論哪個人比較可靠、哪個人沒做好份內事等等。久而久之，「閒聊別人」成為了人類的一種本能，更是強代連結的社交活動。

但，本能歸本能，大家請不要忘記文化之必要，有時正是要壓抑生物性的本能而成為文明人。不是說我們不可八卦，只是，真的不要太八卦。

上進心

出自幽谷，遷於喬木

小學時，我們經常做「連接詞造句」練習。老師給予我們一組連接詞，例如「不但……而且……」、「一旦……就……」、「因為……所以……」等等，然後叫我們以此造句。

從前，我以為這樣的練習是為了學習語言，到了長大以後，才知道這是有關邏輯的思考。因果關係，說起來不像什麼深奧的事，就像大家自以為懂得用「因為……所以……」造句一般，但其實，因果關係也可以很複雜，有時叫人倒果為因，有時又是因果同一。

舉例，《詩經．小雅．伐木》寫道：「伐木丁丁，鳥鳴嚶嚶。出自幽谷，遷於喬木。」意思是「咚咚作響伐木聲，嚶嚶羣鳥相和鳴。鳥兒出自深谷，飛往高高的大樹頂」，而當中的「遷於喬木」，現用於祝賀某人喬遷新居或工作升遷。

有說，詩人以鳥兒從低幽的深谷飛往高大的樹木為喻，表達人與鳥一樣，都要「出自幽谷，遷於喬木」，離開自身的處境，奮發向上求取進步，找到那高尚遠大的位置。這樣的解說，不能說是錯，但或許混淆了因果，或錯失了這句詩的重點。

小鳥不是因為飛出了幽暗的山谷，所以找到了高大的樹木。相反，小鳥因為要找到高大的樹木，所以才飛出了幽谷。兩者的差異，貌似不大，但後者的詮釋強調了「目標」的重要。

為了行動而行動，只可能是短暫的行動。因此，當有人鼓勵我們走出舒適圈，嘗試接觸新事物的時候，我們有時也會努力一陣子，試一試這個，試一試那個，但一陣子之後，我們又回到那離開不遠的原點。

然而，當有了目標才行動，我們的行動力就能夠更加集中、更加持久，正如康德（Immanuel Kant）說道：「想要達成某個目標，就等於想要投入追求它的過程。」如此一來，因即是果，果即是因，我們在追求目標之中行動。

又說，我們可以為了喬木，而出自幽谷，但記得不忘目睹沿途風光。當眼界闊了，世界更大了，那我們的下一棵樹，便會在更遠更高之處。

不入流

曲高和寡的詭辯

戰國後期，楚國出了一名辭賦作家宋玉。有一天，楚襄王問宋玉：「我聽到許多有關你的不好傳言，是不是因為你的言行舉止有什麼不端正的地方呢？」

宋玉不敢怠慢，答道：「請大王聽我說一個故事。話說，有一名外地的歌者到了郢都，在市集中唱著通俗的歌曲，一開始時，跟著他一起唱和的人多達數千人。接著，他改唱不俗不雅的歌曲，跟著唱和的人只剩下數百。後來，他唱起了優雅的歌曲，夾雜高難度的技巧，那剩下跟他唱和的人便寥寥無幾了。」

宋玉續說：「這不是因為歌者的表演有什麼問題，或唱得不好聽，而是因為曲子愈高雅，能夠跟著唱和的人愈少。同樣，那些批評我的人，不過是些平庸之輩，怎麼能夠欣賞我呢？」

我想，大家都聽過這個故事，而因為這個故事，我們得到了三個成語：「下里巴人」，即故事裡的那些民間通俗歌曲，後指通俗的文藝；「陽春白雪」，即那些深奧難懂的歌，後指精深高雅的作品；還有，「曲高和寡」，這更不用多說了。

但，我想多說的，是宋玉對楚襄王質問的反應。試想一想，當一個人被質疑的時候，他不是以自己的經歷與理由來直接反駁，而是搬出一個虛構的故事來作一個比喻，這是理直氣壯的回應，還是狡辯的伎倆呢？其實，宋玉似是而非的詭辯，不只出現在曲高和寡的故事。

宋玉曾經寫下一篇〈登徒子好色賦〉來辯護自己的容貌和品行。在文中，宋玉提到，登徒子向楚王說他的壞話，說宋玉長得俊俏又好色，所以不可以讓他出入後宮。

對於自己的俊俏，宋玉直認不諱（後來更有將他與潘岳、衛玠、高肅合稱「古代四大美男」一說）。宋玉認為，其美貌乃受惠於上蒼，但對於自己的好色，他矢口否認。在此，宋玉又說了一個故事，不過今次是「真人真事」，而這事如何證明宋玉的正直，甚至助他反擊登徒子呢？下一篇分解。

不下流

好色之荒謬

上文提到，戰國時期的辭賦作家宋玉，常常被指責言行舉止不甚端正，於是寫了一篇〈登徒子好色賦〉回應。

在文中，宋玉欣然接受自己的美貌乃受惠於上蒼，卻否認自己的好色。他說道，曾經有一個鄰居的女兒長得國色天香，在數年間時常登牆過屋去勾引他。

宋玉聲稱，他對這般勾引不為所動，反指說他壞話的登徒子才是好色之輩，而理由是登徒子的妻子又醜又邋遢，而登徒子卻與妻子連生五子，證明登徒子才是好色云云。

這故事說明了什麼呢？它再一次證明，故事不適合理性的辯論，而有文采的作者也可以邏輯紊亂。試問一名丈夫與妻子連生貴子，又怎可能是證明他好色的論證呢？

理性思考，顯然不是宋玉所長，但寫到情感，尤其曖昧不明、似有若無的情意，卻是他的拿手好戲。話說，〈登徒子好色賦〉記了另一則故事，說有一名秦國章華大夫（乃是宋玉虛構的）出使楚國，跟楚王說起年輕時遍遊天下的往事。

當年，章華大夫來到了鄭、衛兩國，以至附近的溱水、洧水遊玩，有次見「群女出桑。此郊之姝，華色含光。體美容冶，不待飾裝」，也就是說，他見到一群採桑的美女，散發著像花朵一樣的光彩，體態曼妙且容光照人，還沒有多餘的妝扮。

這個時候，章華大夫見到其中一名麗人，隨即被她吸引，卻見女子「悅若有望而不來，忽若有來而不見。意密體疏，俯仰異觀，含喜微笑，竊視流眄。」

那一名女子好像望到章華大夫卻又沒有過去，好像走過去了卻又沒有要望見他，她看起來對章華大夫彷彿有一種情意濃濃的樣子，但身子卻沒有要靠近他，而無論低頭或抬頭，都是風采，她懷著欣喜的微笑，卻是偷偷地看著章華大夫。

當然，這曖昧非常的故事，只是章華大夫的一面之詞，但我想到的是：明明是在為自己好色辯護的宋玉，言猶在耳，竟然說起了一個有關鄭衛之女的故事，這實在荒謬，而世人至今還是以「登徒子」來描述好色之徒，更是荒謬至極。

不足

討厭困難的一半

西晉文學家左思，寫下了詩作〈詠史〉，在其八首之七，寫到了四位西漢賢人的坎坷遭遇：「主父宦不達，骨肉還相薄。買臣困樵採，伉儷不安宅。陳平無產業，歸來翳負郭。長卿還成都，壁立何寥廓。」

主父偃未成名時，連親生骨肉的家人也看不起他；朱買臣靠打柴為生，而他的妻子感到羞愧而離家出走；陳平家無產業，只好住在背靠城牆的破屋；司馬相如回到成都，只見家徒四壁。最後，左思寫道：「何世無奇才，遺之在草澤。」

這是左思對自古賢人的感嘆，但又指出了一個問題：究竟是賢人總會遇上困難，還是困難成就了賢人呢？

其實，無論賢人智人，還是每一個人，生活都是充滿困難，但每個人理解困難的方式，卻可能帶來不同的人生效果。德國哲學家雅士培（Karl Jaspers）便指出，人生有很多很多不能避免的障礙，包括苦惱、紛爭、愧疚、罪惡、挫折，以至死亡，而他稱之為「極限狀況」。

極限狀況帶來的情緒，固然是負面的，但負面的情緒不一定帶來負面的結果。雅士培認為，一個人如何去經驗極限狀況，將決定他要成為一個怎麼樣的人。

換言之，極限狀況令人認知自我，繼而進步。在極限狀況之時，人可能會束手無策，但也可以因此而意識到不足與局限，從而接觸更多的知識、連結更多有益於自我的朋友，並且進步。

有了這樣的理解，我們便不難明白雅士培的名言：「人把自身分裂成為精神和肉體、理智和感覺、靈魂和軀體、責任和意欲」，「對事物的看法隨著這種分裂而改變」，「人的生存不可能不分裂，然而人不能滿足於這一分裂。他克服這一分裂，超越這一分裂的方法，顯現了他對自身的認識」。

面對困難，人可以分裂成「討厭困難的一半」與「認知自我不足的一半」，兩個一半都是正常的。討厭困難的一半可以繼續討厭困難，只要認知自我不足的一半，繼續保持理性，繼續督促自我，我們便完整了。

不勉強

向不必要的說不

說到古人的生活學，不得不提陶淵明的〈五柳先生傳〉。此文以仿史傳的方式寫一位名叫五柳先生的人（即陶淵明自己），文中涉及此人之籍貫、字號、性格、學歷、人際關係、經濟狀況、著作、死亡，但又有別於一般史傳，通通寫得「不清不楚」。

舉例，起首寫此人的籍貫，卻是「不知何許人也」；寫姓名，卻「不詳其姓字」，而稱他為五柳先生，也只因他的「宅邊有五柳樹」。我們讀著讀著，便會發覺自己不太肯定五柳先生「是」怎樣的人，卻相當肯定他「不是」怎樣的人。

〈五柳先生傳〉一文七十個字，竟然用上了九個「不」字，佔全文的百分之十二點八，也就是其精髓之所在。陶淵明以「不」的進路，寫出了五柳先生的生活學原則。

寫到五柳先生的性格，他「不慕榮利」；寫他喜歡讀書，但「不求甚解」；寫他喜歡喝酒，但「不能常得」，而有人請他喝酒，與人交際，他也「不吝情去留」，想走就走；寫經濟狀況，家徒四壁，「不蔽風日」。

來到文章最後的贊曰（即總結全文的文字），他更點題式地寫道：「不慼慼於貧賤，不汲汲於富貴」，意思是：不憂慮貧窮，不急求富貴。

陶淵明強調隨性，講究放下，說到生活的道理，又怎可能黑白分明硬生生地指示你要這樣讀書、要那樣待人呢？

於是，他向不必要的執著說不，以「不」寫出了底線，又留白了大家可以自我填充的生活選項。我們「不慕榮利」，但可以愛家人、親朋友；「不求甚解」，但可以好學求知；與人相聚，「不吝情去留」，但可以珍惜每一個時刻。

說到「不慼慼於貧賤，不汲汲於富貴」，那我們就更要留心了，陶淵明告訴我們不要憂慮貧窮，可沒說我們需要貧窮，而當他教我們不急求富貴，在我讀來，重點也在不急，也沒說不求。

又說，我用上的「不」字，也不比陶淵明的少。

及時行樂

一邊批判一邊行樂

十九世紀丹麥哲學家齊克果（Søren Aabye Kierkegaard）在〈酒後吐真言〉一文，描寫了一場盛宴。賓客一邊喝酒，一邊談到了人生的種種限制，正當酒闌人散之時，他們紛紛仿效主人的舉動，將酒杯摔到門上。

賓客盡情盡興的砸杯，直到最後一隻酒杯砸到門上，大門應聲而開，眼下滿地碎玻璃。及時行樂已過，賓客現在怎樣離去呢？

今朝有酒今朝醉，固然是一種快樂，但早在古希臘，柏拉圖（Plato）便藉蘇格拉底（Socrates）的話語，寫道：「沒有了智慧、記憶、知識和批判，你根本不知道或不記得何時感到快樂。你沒有人生，只不過是水母、牡蠣或某種海中生物，徒有肉體。」

那麼，帶著「智慧、記憶、知識和批判」的及時行樂，又是怎樣一回事呢？既是詩仙，又是酒仙的李白，便在〈春夜宴桃李園序〉展示了他「採擷今日」（carpe diem）而可以得到蘇格拉底認同的老練態度。

「浮生若夢，為歡幾何？」李白寫的不是為歡而樂的因，而是對宇宙、人生有所思考之果。及時行樂的前提，是李白領悟到「夫天地者，萬物之逆旅也；光陰者，百代之過客也」。當李白看穿了天地不過是萬物的旅館，時間只是百代的過客，這是從形而上學走入人生哲學，乃智慧。

李白悟到及時行樂之必要，隨即想到「古人秉燭夜遊」，是以燭火比喻生命，提醒我們享受當下的光。接著，他又感動於春天溫暖、桃李盛開的風光，想到了南朝詩人兄弟大小謝。此乃記憶與知識。

那批判呢？這必須回到詩。

哪怕是醉臥月下，也必須寫詩，更要寫好詩，「不有佳作，何伸雅懷」？無論酒醉多少分，李白堅持大家一定要寫出好詩來，如果寫不好，便要罰。罰什麼？

李白寫道：「如詩不成，罰依金谷酒數。」金谷，指晉人石崇的金谷園，當時他宴賓園中，若賦詩不成，便罰酒三杯。李白依照此例，反正詩寫不好，罰酒三杯。還是寫不好？再罰三杯！

介意

求多一點了解他人

我們在什麼時候會感到自己沒有朋友，又或覺得自己孤立無援呢？其中一個時刻，應該是當我們的壞心情沒有被旁人理解的時候。

壞心情，有很多原因。身體健康有狀況、工作不順利、人際關係有是非，等等等等，都可以是壞心情的理由，而在這個時候，如果我們跟朋友訴說心中的鬱結，卻反而遭到冷漠對待，甚至責備，這可算是壞上加壞的壞心情。

歷代以來，有不少文人雅士藉著各類詩詞古文，訴說自己看破世事易杳，人情淺薄的徹悟。舉例，宋人朱敦儒寫有〈西江月・世事短如春夢〉一詞：

世事短如春夢，人情薄似秋雲。不須計較苦勞心。萬事原來有命。
幸遇三杯酒好，況逢一朵花新。片時歡笑且相親。明日陰晴未定。

朱敦儒的人生感悟，不屬少數，但當這麼多的文人都像看破了世事無常人情澆薄的道理，我反而懷疑，大家是否真的都成為了大智者，都活於「春夢」之外，看穿了「人情薄似秋雲」的真理呢？

我想，大家還是介意的，介意自己的心意不被理解、介意世風日下的人情冷暖。因為介意，所以寫下來抒發，又因為不想別人知道自己介意，所以故作豁達。這些，都是我的小人之心，而我真正關心的是：我們可以怎樣做到全然的豁達呢？

天主教聖人亞西西的聖方濟各（St. Francis of Assisi）留下了不少警世著作，而在二十世紀，有人將他的思想寫成〈聖方濟各禱文〉。其中一句，我常常記起的是「少求被人了解，但求多一點了解人」。

聖方濟各的道理，並不難懂，與其因為別人不了解自己而有壞心情，倒不如處理好自己的心態來多了解別人。換句話說，當我們覺得自己不被人理解，這好可能只是我們的「自我中心」作祟，叫我們自以為是，以為自己是人際關係的中心。

聖方濟各的一番說話，開導了我對人情的看法。所以，我已經看破世情了嗎？我想起他的教訓，固然是我又在介意著誰。

友愛

沒有附加條件的交情

還記得在畢業紀念冊上寫下或收過的字句嗎?:「my pen is blue, my friend is you」、「記住m,記住e,記住m and e,記住me」、「萬里長城長又長,我倆友誼比它長」……每字每句,都是我們對友誼永固的一個祝願。

祝願,因為它的難得與可貴。伊比鳩魯(Epicurus)說到:「人們設法追求幸福的生活,而其中最重要的管道就是交朋友。」亞里士多德(Aristotle)與伊比鳩魯所見略同,認為人是重視友情的群體,「沒有人會選擇無友而獨活,縱使享盡世間萬物。因為人類是社交動物，生來要與他人作伴」。

亞里士多德進一步將人際關係分為三種，第一種建立在利益上的往來；第二種建立於共同興趣或喜好；第三種則建立於真實的友情上，於是你會希望對方一切順利，「對朋友好，一切只因為他就是那樣的人，而不是出於任何附加條件」。

在此，亞里士多德認為，只有第三種關係才有機會達至友誼永固。首先，利益是不可靠的，它可能因為時勢、身份、目的之改變而使人聚散，甚至有時令朋友成為對頭人。

這讓人想起司馬遷在《史記·汲鄭列傳》提道：「一死一生，乃知交情；一貧一富，乃知交態；一貴一賤，交情乃見。」只有在生死關頭、貧富變化，或貴賤地位交替之時，才能夠看清楚友誼之真象。水落，石出，當既有利益消失，才讓人看得見誰是沒有「任何附加條件」的朋友。

另外，因共同愛好而來的友情，雖然單純，但也不一定永固。試問我們曾經有過多少種喜好呢？踢球、唱K、桌遊，等等等等，只要你不再參與其中，那一個朋友圈子也自然慢慢離你而去。

又說，沒有「任何附加條件」的朋友是多多益善的嗎？亞里士多德自問自答：「當然不，只要避免獨自一人就好。」

朋友不必要多，不真誠的友誼更不用強求永固，只要在生命中遇上了一兩個不計死生、貧富、貴賤的好友，那已經是大大的幸福。

生命短促

若白駒之過郤

有一個關於古埃及人的傳說是這樣的：在盛大宴會之上，主人除了為賓客準備美酒佳餚、僕人侍候、華麗表演以外，還會不時在場上擺上一具木乃伊。在用餐前，大家圍著木乃伊高呼：「我們要盡情吃喝玩樂，因為我們很快就會變成這個樣子。」

我不肯定這傳說是真是假，但可以肯定的是，古今中外的智慧都告訴我們：死亡是必然，而生命短促。但，所謂短促，究竟是多快呢？

在〈知北遊〉，莊子假借孔子求教老子問道一事，以老子之口，講述生命「雖有壽夭，相去幾何？須臾之說也」之觀點，也是說，無論長壽或短命的人，只要放在無窮的宇宙長河來看，其實都是一閃即逝的過程。

於是，生命有多短促呢？莊子寫道：「人生天地之間，若白駒之過郤，忽然而已。注然勃然，莫不出焉；油然漻然，莫不入焉。已化而生，又化而死，生物哀之，人類悲之。」

簡單來說，人生之快，快如一隻白駒快馬從狹窄的縫隙迅速掠過。為什麼是白馬，而非黑馬呢？當中或有更深的考究，但我的聯想是：若然一隻黑馬閃過，我們未必知道閃過了什麼，甚至不肯定有馬掠過，但若然是一隻白馬，至少我們可以留意到。

生命短促，但也足夠顯眼，以至於我們可以留意到它的過程。拉丁文有一個片語「memento mori」，直譯是「死亡記憶」，意思是「勿忘你終有一死」。終有一死，而時光飛逝，那麼我們便要像古埃及人一般痛快享樂嗎？

其實，終有一死的提醒有兩個面向：既然生命短暫，我們應該珍惜每一個可以享受、可以欣賞的當下，與我們愛的人好好相處，做有益於自己與天地的樂事；同時，既然生命如此短暫，哪怕遇上不幸、不快、不安之事，我們也可處之泰然，靜待它們瞬間消逝。

斯多葛主義者馬可·奧理略（Marcus Aurelius）亦提醒我們：人終有一死，何必為了囤積財富、追逐名利，或執著於曇花一現的事物而煩惱呢？是的，但我們也不要忘記，奧理略乃是一位可以享受榮華富貴的羅馬皇帝。

平靜

因人生有命

近年，很多人學習瑜伽，除了因為想強身健體，或以為可以幫助瘦身，更是想藉此放鬆心情，換來平靜的意識。的確，古今中外都有不少哲人強調平靜的重要，他們指導我們獲得平靜的方法，大同小異，即認清生命的有限本質。

舉例，明代「後七子」之一的宗臣，便曾經寫道：「人生有命，吾惟守分而矣。」當這位才子面對事業的不順，本可以自怨自艾，但卻平靜地提醒自己：人活在世上，所有遭遇都是命定，只要安守自己的本分便好。

這一份平靜，來自於洞察宇宙與生命的規模。生命有限，時空無限，以宇宙的角度看待個人的生命，一切都太微小，微小得不需要掀動情緒。

古羅馬哲學家皇帝奧理略亦曾寫道：「無限的過去與未來在我們眼前分裂開來，成了一道深不見底的鴻溝。只有愚人才會自以為重要、感到痛苦或憤慨。好像我們抓狂的事會一直存在似的。」

奧理略是斯多葛派哲學家，這門派重視寧靜平和，相信當人們明白世間萬物的流動與多變之本質，便不會因外在的某事某物之轉變而影響內在的心情，不以物喜，不以己悲。

同在古羅馬時期的另一位斯多葛主義哲學家愛比克泰德便說道：「如果你喜歡一個水壺，告訴自己『我喜歡的是一個裝水的器具』，哪天它壞了，你也不會受影響。」

愛比克泰德再一次強調去認識生命與外物本質的必要，但同時又引來了我們的反思：這一種以割除關係、認定距離而來的平靜，是否該有一個限度呢？

對於愛比克泰德來說，他的割除是極端的，他續說：「如果你親吻子女或妻子時，告訴自己『我親吻的是人類』，即便他們有天過世了，你也不會難過。」

我想，「子女或妻子」真的不是一般的人類，如果他們有天過世了，我會難過，但也會明白這一份難過是自然而合乎生命本質的，我不會強迫自己拒絕難過，而是要學會平靜地經驗這一份難過。

自以為是

黔驢之技

人人都不願意見到自己出醜出洋相，但我們又有沒有想過：為什麼我們會在某時某刻失了體面，丟人現眼呢？

我的經驗之談：當我們自以為是而得意忘形之際，往往就是快要出醜的時刻。自以為了不起的興奮，總是驅使我們說出不應該說的話、做出不禮貌的舉止、作出令自己後悔的決定。那麼，人又是怎樣變得自以為是的呢？這大概跟自我認知錯誤有關。

我曾經讀到一個故事，說一隻小白狗讀了主人的一本關於獅子的書，以為自己是書中雄壯威武的獅子，決定不要有失尊嚴地吃主人供應的食物，而是離家出走去叢林覓食。

小白狗沒有找到叢林，只找到一個公園。在公園，小狗只找到垃圾桶內腐爛的食物，以及遇上了一隻欺負牠的暹羅貓。最終，小白狗明白了自己的本質，不再自以為是，乖乖地回到主人家，享受豐富的罐頭碎肉。

這本是給孩童說的故事，但我從來沒有給任何一個孩童說過，因為我實在拿捏不準「妄自菲薄」與「自以為是」之間的尺度。但，說到自以為是，我們又會想起另一隻動物——驢子。

唐代文人柳宗元的名篇〈黔之驢〉說了這樣的一個故事：「黔無驢，有好事者船載以入」，後來覺得驢子沒有什麼用處，於是就圈養在山下。「虎見之，龐然大物也，以為神」，害怕而不敢接近。後來，老虎看到這隻驢子除了大聲叫之外，就只會踢，再也沒有別的本領，於是牠就撲上去，「斷其喉，盡其肉」，將驢子咬死了。

一般人都會以「黔驢技窮」的角度去理解這個故事，覺得這故事要告誡我們小心外強中乾，切忌虛張聲勢，也不要賣弄自己淺薄的伎倆。這樣的提醒固然有理，但我又想：那隻「形之龐也類有德，聲之宏也類有能」的驢子，或許並沒有想拋頭露面耀武揚威的意思。

黔之驢，不是被迫圈養在山下的嗎？其實，始作俑者大概是柳宗元所指的那一名「好事者」吧！

安全感

不怕悲喜的把握

小時候，我們讀北宋文人范仲淹的名篇〈岳陽樓記〉，總會牢記著老師將重點放在兩句說話：「不以物喜，不以己悲」、「先天下之憂而憂，後天下之樂而樂」。

我們都知道這兩句話的意思是「不因為外在環境或自己的遭遇而悲喜」，「在天下人還沒憂慮以前，就先憂慮；在天下人都得到快樂以後，才享受快樂」，但大家又有沒有想到是什麼樣的人，才能達到范仲淹想倡導的修養要求呢？

「先天下之憂而憂，後天下之樂而樂」，即無論憂樂，都是置於天下之外，先於天下，又後於天下。這實在是偉人的位置，也就是范仲淹所稱的「古仁人」，而當人還未成為偉人之前，我們又應該怎樣面對憂與樂呢？

對一般人來說，如果我們持續憂慮一些還未發生的事，那叫杞人憂天；當我們應該快樂時，卻沒有享受一絲快樂，這更是一種抑鬱。英國精神科醫師連恩（R.D. Laing）認為，這既害怕遭逢天外橫禍，又不懂得安於當下的不安狀況，好可能源於一種「本體不安全感」（ontological insecurity）。

「我們的自我認同總是搖擺不定……」連恩寫道：「有時想完全遠離人群，有時又想徹底融入社會。因此，人的主體經驗總是被各種人事物所淹沒，有時會令你一成不變、甚至覺得生活困難重重」，而處在這未知的狀態，便會造成人們的不安全感。

連恩的看法，有助我們更好理解范仲淹的指導。原來，偉人之所以做到「先天下之憂而憂，後天下之樂而樂」，基於他已經「不以物喜，不以己悲」，即是他先擁有了一份踏實的安全感，情緒穩定，才可以有效地為世界或憂或樂。

「世界，個人，悲喜」三者的關係是流動的，個人的身份認同之轉變，影響到自我與世界的互動，又從而影響到個人的悲喜。世界上沒有多少偉人，而我們也沒有必要勉強自己成為偉人（也勉強不來），而無論是一般人，還是偉人，或許大家都需要找到自己於世界的位置，從而把握那一份不怕悲喜的安全感。

自我感覺良好

專注的快樂

專注與快樂，是人生的兩大課題，而兩者的關係又非常有趣。

當我們快樂時，往往專注，專注於當下，而不會抱怨過去、擔憂未來；當我們專注時，或許在閱讀、在比賽，或在烹調美食，快樂的感覺自自然然而來。

但，十九世紀英國哲學家約翰・史都華・密爾（John Stuart Mill）又提醒我們：當我們專注於尋求快樂、思考快樂，人就會變得不快樂。

專注於快樂之外，即快樂。密爾的道理聽起來有點禪意，卻又不是不能以邏輯和語言理解的禪。在思考快樂時，人往往自尋煩惱的，只想到快樂的缺席與短暫，卻忘了生命是一個自我實現的過程，而只有自我實現，才會讓人遇見快樂。

這讓我想到晚年的歐陽修。那時候，歐陽修自稱「六一居士」，聲稱他以六個東西來實現圓滿的生命。這六個一，分別是一萬卷藏書、一千卷金石遺文、一張琴、一局棋、一壺酒，以及一個自己。

歐陽修沒有寫到一名六旬老翁可以如何尋見快樂，但他卻說，只要自己與五物合而為六一，便能全然投入當下，不管外界發生什麼驚天動地的事情，都置身度外，不受干擾，不為所動。

在〈六一居士篇〉一文，歐陽修寫道，當他專注於自我的當下，「太山在前而不見，疾雷破柱而不驚；雖響九奏於洞庭之野，閱大戰於涿鹿之原，未足喻其樂且適也。」

換言之，哪怕是泰山擋在面前，雷電劈破巨柱，專注於當下的人也不會驚慌，而就算洞庭湖的郊野響起了〈九韶〉這麼高雅的曲子，又或黃帝與蚩尤在眼前再來一場激戰，也不足以類比專注於當下的快樂。

或許你會說：太過於專注自我，難道不怕鑽進牛角尖、陷入死胡同，成為了過於自我中心而無聊乏味的人嗎？

這樣的自我反省是正確的。然而，專注自我，不等同於自我限制，就讓我們以心理學家弗蘭克（Viktor Frankl）的一句話來作小結：「實現自我，不過是超越自我的副作用而已。」

自知

睫在眼前長不見

唐代詩人杜牧在池州擔任刺史的時候，友人張祜前來探訪。杜牧見張祜因仕途不順，而心中糾結鬱悶，便決定與他同遊當地名勝九峰樓，更寫了〈登池州九峰樓寄張祜〉一詩。

詩中，杜牧寫下了令人深思的一句：「睫在眼前長不見，道非身外更何求」，其意思是，眼睫毛就長在眼睛的前方，人卻長期看不見，而真理從來不在身體之外，人還要到何處去尋求呢？

明明每一個人都有眼睫毛，但我們卻沒有想到「睫在眼前長不見」的一番道理，這是杜牧的獨到，也是此句之哲理所在：我們以為自知，卻只是自以為自知。

說到自知，我們都會想到位於古希臘德菲爾的阿波羅神殿上的三句箴言之一：「認識自我」（know thyself）。歷代哲學家或多或少都在遵循這神聖的教訓，以認識自己來探索真理。對於自知，不少哲學家都是樂觀的。舉例，笛卡兒（René Descartes）說道：「我可以清楚察覺自己的感知、情緒和慾望。前提是，要謹慎判斷自己所知覺到的一切。」

樂觀於自知之明的哲人（我想，包括杜牧），基本上都會認同康德所言的「內感官」（inner sense）。換言之，我們可以用眼睛覺察外在事物，同理，也可以用內感官覺察內在的自己，也就是自知。

但，康德同時提醒我們，不要高估自知，他說道：有時，「我們無法徹底了解自己那些突如其來的舉動包藏了什麼秘密，就算透過嚴謹的反思也沒用」。

這樣說來，康德是自相矛盾嗎？我不認為是，相反，康德是要我們明白，人既可以積極地以內感官觀察自己、認識自己，但同時亦要保持謙卑，不要自以為是，畢竟多麼睿智的哲人也有無法了解自己的時候。

如此道理，又叫我想回「睫在眼前長不見」這句話。大家想一想：長在杜牧眼前的眼睫毛，究竟是杜牧自己可以看得清楚，還是站在對面的張祜可以看得完全呢？有時，認識自己，除了由內窺探，也可以靠朋友的真誠目光。

自省

十加一種反省的功夫

古希臘哲學家蘇格拉底（在徒弟柏拉圖的筆下）留下了一句名言：「未經審視的生活是不值得過的」。但問題是：我們可以什麼樣的角度去審視生活、反省自我呢？

審視自己的角度有千百種，其中至少有十種記錄於一代名相魏徵的〈諫太宗十思疏〉。當時，魏徵向唐太宗上奏，提醒他要審視自己的十個方面：

一、當見到想要得到的事物，「則思知足以自戒」，以知足控制慾望；

二、在想有所作為之時，要懂得適可而止，「則思知止以安人」；

三、若然擔心自己高處不勝寒，「則思謙沖而自牧」，即以謙虛來修養自己；

四、怕自滿驕盈，「則思江海下百川」，像江海接納百川流水一般的虛懷若谷；

五、即使喜歡打獵遊樂，一年以三次為限；

六、「慎始而敬終」，凡事自始至終抱持謹慎小心的態度，才不會鬆懈怠惰；

七、怕思想的蒙蔽，「則思虛心以納下」，虛心聆聽諫言；

八、怕奸人進讒言，「則思正身以黜惡」，以端正自身來斥退壞人；

九、哪怕施恩於人，「則思無因喜以謬賞」，不要一時高興便胡亂施恩；

十、當要處罰別人，「則思無因怒而濫刑」，不要一時惱怒而作之。

若然是一名當代西方世界的商管學暢銷書作家，他好可能會為這十個要點，配上以十個字母組成的單詞來串起它們，而魏徵則實實在在，沒有花巧地寫下了「此十思，弘茲九德」。

不過，說魏徵沒有花巧，也不完全正確。對我來說，〈諫太宗十思疏〉還隱藏了十思之外的一思，則：當你要向上級諫言時，以褒獎、鼓勵代替直接斥責。

向帝王諫言，古人稱為「批逆鱗」。什麼是逆鱗？龍喉下倒生的鱗片是也。批逆鱗，這個找死的動作，沒有一點技巧又怎能成功呢？

魏徵諫太宗之巧，可見於首段。在說了一大堆「木之長者，必固其根」等大道理之後，他寫道「臣雖下愚，知其不可，而況於明哲乎？」，大概意思是：這樣的道理連愚蠢的臣下都能明白，何況是如此聰明的你呢？

自重

李白教你寫自薦信

李白的詩作，大家總能倒背如流一兩首，但他寫的自薦信，你又有沒有讀過呢？我們或許好奇「筆落驚風雨」的詩仙，怎會做出如此世俗的自薦行為，但事實上，投刺，即投遞名帖以求見，乃是當時的風氣。

開元二十二年（即七三四年），李白向時任荊州大都督府長史韓朝宗自薦，寫了〈與韓荊州書〉。開首的第一句，李白說自己聽聞天下的人都說：「生不用封萬戶侯，但願一識韓荊州」，既押韻，又將韓氏捧上天，更（嘗試）隱藏自己求見的動機，說不是為了得到什麼官職，只為一見韓氏其人。

接下來，李白表面上以韓氏比作周公，大讚他「有周公之風，躬吐握之事，使海內豪俊奔走而歸之」，實際上，他是將韓氏高舉到一個不能下台的位置：既然你是廣納賢人、用人唯才的大好人，又怎會錯過如此優秀的我呢？

於是，李白寫道，「則三千賓中有毛遂，使白得穎脫而出，即其人焉」，說自己好比戰國時的毛遂，實在可以脫穎而出、出人頭地。

二十一世紀的求職顧問，教我們在面試時，既要說自己的長處，也要說缺點，萬萬想不到，李白也深明此道理。首先，他坦白了自己乃「流落楚漢」的布衣平民，但「十五好劍術，偏乾諸侯；三十成文章，歷抵卿相」，即文武雙全，且為人上進。李白自言，「雖長不滿七尺，而心雄萬夫」。

言下之意，他唯一的不足，不過是出身和長相，而難道「德行動天地，筆參造化，學究天人」的韓氏會因出身和長相而退卻一名賢人嗎？大讚對方，再讚自己，最後李白還有一絕，說明是次自薦所求的，只是一個試用期！

李白寫道：「若接之以高宴，縱之以清談，請日試萬言，倚馬可待」，大致是：若然你以盛宴接待我，讓我清談，試我才情，哪怕是倚在馬旁，我也可以日寫上萬字的文章。

下一次，當你因為自重，而不想紆尊降貴，向人自薦、求助之時，不妨想一想更有本錢可以恃才傲物的詩仙。

自律

馬上、枕上、廁上

想起規律生活，大家可能會聯想到千篇一律的僵化時間表，而有趣的是，不少思想家都樂於過著極度規律的日常。其中，德國古典哲學創始人康德可算是佼佼者。

四十歲後的康德，每天五時起床，然後喝茶、抽菸、準備教材；七點到十一點是講課時間，之後是午餐、餐後散步、散步途中找朋友，最後回家工作與寫作，並在晚上十時準時就寢。

如此規律生活，未必適合所有人，但我又想：若想要過這樣的生活，實在也不是容易的事。康德之可以早上五時起床，關鍵是他十時正已經上床去睡，而如果我們平常加班到晚上八時才回到家，接下來晚餐、洗澡、看一看手機或電視，一個不留神，可能已到深夜。

就算我們不談作息，只談生活與工作任務的排程，這也很難做到如康德一般的規律。首先，我們可能要在起床後處理家人的各類需求，而上班後，上司、同事，以至下屬，都會無時無刻地來打斷我們的日程。

今時今日的所謂規律生活，或者需要一個更有彈性的定義。那就是盡量為自己的生活制定「條件與指定行為的連結」。這是什麼意思呢？

假設你的目標是學習外語，但你沒有辦法安排到固定的學習時間，那麼你便可以將「學習外語」連結到一些必然會發生的「條件」，如上下班。於是，只要是通勤時間，無論是一天當中的哪個時分秒，你應該規律地把握機會取出教材、學習外語。

從自律到習慣，久而久之，你一上車便會自動去學習。這就是條件反射，而這也是不少創作人的生活小秘密。舉例，歐陽修便提出了著名的「三上說」，他寫道：「余平生所作文章，多在三上，乃馬上、枕上、廁上也。」

換言之，歐陽修建立了「寫作」與「三上」的條件連結，只要他在馬背上、枕頭上、廁座上，便自自然然啟動了寫作模式，而點子、文字、才氣則油然而生。這不是神話，卻是實用的生活學。

自信

桃李不言，下自成蹊

有說，自信是成功的必要素質。這個道理，我不太懷疑，但我又想：自我懷疑，又有趣地成為了不少成功哲學家的共同點。

以蘇格拉底為例，他便聲稱自己一無所知，但正因如此，他又說自己比其他人多知道了一件事（即無知本身），於是他才是全雅典最有智慧的人。蘇格拉底是自我懷疑，還是自信滿滿呢？這是有點難以判斷。

但，若然說到路德維希．維根斯坦（Ludwig Wittgenstein），那他的自我懷疑便相對直接。作為二十世紀最具影響力的哲學家之一，維根斯坦始終帶著懷疑的態度去審視自己的學問。舉例，在他整理自己的筆記「棕皮書」時，便說道：「面對各種問題，有時很快想通，有時找不到頭緒，偶爾也會出現令人振奮的想法。不過在關鍵的時刻，腦袋卻常常使不用力，許多想法尚未成形，卻不得不端出來應付。這時總令我不知所措，倍感無用。」

或許，自我懷疑與自信，均是成功的必要質素，只是兩者在成功路上的不同階段出現罷了。在建立自我與事業的過程，自信可以給予我們魄力、勇氣、果斷與堅毅，而在實踐各樣計劃的時候，自我懷疑又可以令我們追求完美，不斷反省，一直進步。

更重要的是，成功的人的自信，未必要從堅定的內心建立出來，還可以是由外而內地構成。在《史記．李將軍列傳》，司馬遷便寫到了一句民間諺語，曰：「桃李不言，下自成蹊」。這句說話的延伸意思是，有豔麗花朵和甜美果實的桃樹、李樹，雖然不會說話，但由於引來經過的人群眾多，樹下自然而然地形成了一條小路。

我想，桃李不言，可能在於桃樹未必知道自己有多豔麗，而李樹也不肯定自己的果實有多甜美，直至它們見到人群來到賞花取果，它們才知道自己的價值，自信才會油然而生。成功的人，就如桃李一般，不必多言於成就、功勞，甚至可以對自己懷疑，因為其成功本身，就是他們可以自信的實證。

自救

適度的自憐

有一陣子，我讀了不少有關情緒支援的書籍，而其中一個我學會了的道理是：不要以為我們一定可以安慰到別人。

五色令人目盲，有時候花多眼亂的術，反而叫我們看不清事情的本。安慰的技巧固然重要，它涉及方法與時機，但安慰的核心是同理心，而當我們真的有同理心，便會明白，當我們有親人離世、分手、自我崩潰時，旁人的安慰往往失效。

但失效，也要做，我們還是會主動去安慰自己珍惜的人，因為安慰，不一定為了功效，而是一種表達，表達我們的支持與陪伴，直至我們遇到了沉溺於自憐的人。

我安慰不了自憐的人，他們意志消沉瑟縮一角，而我每一句的鼓勵說話，都會成為他們進一步自憐的彈藥，他們的狀況就像北宋詩人王令寫道：「三月殘花落更開，小檐日日燕飛來。子規夜半猶啼血，不信東風喚不回。」

晚春三月，杜鵑還是不捨春日將盡，晝夜悲鳴，到了半夜更是帶血鳴叫，不相信春天真的喚不回來。這隻杜鵑，就是典型的自憐者，旁人阻不了牠的悲鳴，也改變不了牠不相信春天已過的想法。

雖說旁人很難幫助自憐者，但事實上，自憐的人是在自救，只是自憐的分量要適可而止。德國哲學家馬克斯・舍勒（Max Scheler）說道，自憐的人透過想像力將自我站於自身之外，以「另一個自我」同情「可憐的自我」，從而產生憐憫別人而來的紓解感覺。

適度的自憐是有益的。當事情不順遂時，偶爾讓自己放下身段，感受自己也可以有成為一名弱者的時候，接受自己也有脆弱、低落、可憐，這些都叫我們成為一個更有血有肉的人。如是這樣，我們可以自憐，但不必厭惡自己，我們只是看見了更完整的自我。

那麼，怎樣才是適度的自憐呢？大家都喜歡問這樣的問題，但我懷疑，每一個人心中都有一道尺，心知肚明什麼是過分自憐。無論如何，適度的自憐，肯定是短暫的，更不應該傷及身體，不應該像杜鵑一般「夜半猶啼血」。

自欺

提防心中賊

困難是生命的必要成分。我們每天都遇到不同形式的困難，它可能是職場上的對手、下個月要交的租金、做不完的工作，又或者是晚了起床而快要遲到的狀況。困難，有大有小，有重有輕，但重點是：我們以怎樣的態度面對困難呢？

這讓我想起了一個朋友，他是某一個技術界別的專業人士，但是他的英語不好。於是，「以英語見客」成為了他的日常困難，也造成了壓力。他可以有很多方法去處理這困難，例如派其他同事應付、排除說英語的客人等等，但他沒有這樣做！他的解決方法是去苦練英語。

這一類人，以遇神殺神遇佛殺佛的心態迎戰困難，他們善於尋找壓力的源頭，並以自我進步的態度從根源解決困難。在此，我們明白到，最大的困難往往不在我們面前，而在我們的內心，正如明代思想家王守仁寫道：「破山中賊易，破心中賊難」。

日常的困難，像山中賊，只要我們學會將其分散，逐一擊破便可，但若然心中有賊，那就是家賊難防。懦弱、自負、情緒不穩等等，都可能是心中賊，但最叫人難於應付生活困難的心中賊，大概是法國存在主義思想者沙特（Jean-Paul Sartre）所說的「自欺」（mauvaise foi），又譯作「壞的信念」。

沙特認為，自欺的人會編造故事，甚至自圓其說的謊言，旨在剝奪自己的選擇權利。以我那一位本來英語不好的朋友為例，若然他是一名自欺者，他好可能會說：「那都是我的成長問題，我沒有出生在一個培養我說好英語的家庭」，又或者會說：「我就是一個沒有語言天分的人，但至少我還有自己的專業知識」。

自欺的內容，並非完全虛構，但卻被自欺者用作逃避選擇、不願挑戰困難的藉口，他們常常掛在口邊的說話是「如果不是這樣，我就不會那樣做了！」你有說過類似的話嗎？如果有的話，你也要提防這名「自欺」的心中賊了，因為它正在阻礙你進步、收窄你的舒適圈，也令你重複地為同一件事情受盡壓力。

成就感

一隻杯子的成就

一次年考有多少個第一名？一場賽跑可以有多少個冠軍？一座金字塔的塔頂又可以站多少人呢？成功不易，於是，不少人便因為未能名成利就而憂慮，而這並不只是當代的文明病。

在十六世紀，法國哲學家米歇爾・德・蒙田（Michel de Montaigne）便批評當時世人迷信出人頭地的想法。他寫道：「我們都是大傻瓜，老是把『這輩子一事無成』或『整天無所事事』掛在嘴邊。那些話一點意義也沒有，你不是活得好好的嗎？這就是你最基本也最神聖的工作了啊！」

蒙田不是真的教大家去無所事事，而是強調要留意自己生活的日常成就。其實，可以「活得好好的」就是得來不易的日常成就。有些人適合當明星，有些人適合做生意，有些人適合當鞋匠，人各有志，各司其職，這都是每個人的成就。

早於九世紀初，唐人韓愈在〈圬者王承福傳〉一文，便以書寫一個叫王承福的泥水匠，側寫人各有志，各司其職的道理。韓愈寫道：「圬之為技，賤且勞者也，有業之，其色若自得者。」為什麼一名勞苦塗泥的泥水匠，他的樣子卻是很自得的呢？

韓愈解釋說，雖然王氏辛勞工作，但只要環境許可，生活有剩，他就送錢給路上那些殘廢疾病和沒有飯吃的人。我們不需要成為最富有的人，才有資格當上施予者。

更重要的是：「夫鏝易能，可力焉，又誠有功，取其直，雖勞無愧，吾心安焉。夫力易強而有功也，心難強而有智也，用力者使於人，用心者使人，亦其宜也，吾特擇其易為而無愧者取焉。」

尺有所短，寸有所長，有人用力，有人用心。勤力的人用力而勞碌，有智慧的人用心而成功。人有不同，但不同不代表高低。哪怕勞力的人被人指派工作，勞心的人指派別人工作，只要是願意努力，勞心與勞力都是不叫人慚愧的勞動。

韓愈說得真好，「任有大小，惟其所能。若器皿焉」。大的器皿盛湯，小的器皿用來喝水，難道我們會說碗比杯有更大的成就嗎？

好學

跟著老師學習

我有不少嗜好，但總的來說，我最喜歡做的事，始終是學習。

舉例，我喜歡運動，而令我樂在其中的，除了是身體力行的快感，更是學會其規則、技巧、策略的過程；我喜歡藝術，既要學懂如何欣賞藝術，又會好奇如何用筆、顏色理論、素材的種類等等；我喜歡研究和寫作，當中的學習更不在話下。

學習，教人青春，是一種生命力。大家都會記得蘇格拉底的名言：「我唯一知道的就是我的一無所知」，卻往往忽略了他的動機。蘇格拉底不是叫人安於一無所知，而是以身作則，指出不要故步自封，並以生命與智慧去繼續求知、學習。

那麼，人應該如何求知呢？韓愈在〈師說〉寫道：「古之學者必有師。師者，所以傳道、受業、解惑也。」我想，放於當下，這也是適用的。

每當我想學習一個事情，我便去找一位老師。這位老師未必是該領域裡最有名聲的，也不必是學費收得最貴的那一位，只要他能夠「傳道、受業、解惑」，我便請他當我的老師。

這正如韓愈寫道：「生乎吾後，其聞道也，亦先乎吾，吾從而師之。吾師道也，夫庸知其年之先後生於吾乎？是故無貴無賤，無長無少，道之所存，師之所存也。」只要他懂得的道理比我多、在其專業的資歷比我深，哪怕他年紀比我小，我也會向他虛心學習。

於是，我的篆刻老師，曾經也是我的學生，跟我學習過西方美學；我的雕塑老師，比我少十多歲，卻可以滿有權威地從指正我的坐姿開始教我雕塑；我的外文老師，更是「非人」，而是一個AI主理的網上教學頻道。

無論古今，我們想學習，便應該找老師，但又不應拘泥於誰是老師。只要他對我們有益，便可成我們的老師。直到有一天，你感到自己進步了，發現這位老師未能再跟你「傳道、受業、解惑」，那便懷著感恩的心情多謝這一位老師，並再去尋找下一位老師，繼續求知，繼續學習。

老邁

人是怎樣老去的呢？

當代日本作家村上春樹說：「人不是慢慢變老，而是一瞬間變老的」，而西晉文人陸機卻說：「川閱水以成川，水滔滔而日度。世閱人而為世，人冉冉而行暮」，這是以一天一天奔流不止的河川，比喻人一代一代地逐漸變老。

究竟，人是突然變老，還是漸漸變老的呢？這個，我還未想通，但可以肯定的是：有人怕老，又有人嚮往變老。

舉例，德國唯意志論哲學家阿圖・叔本華（Arthur Schopenhauer）便怕老，他曾說，年老就是「今天很糟，明天會更糟，接著一天比一天還悲慘，最後跌到谷底」。但又說，在哲學史上，嚮往變老的哲學家好像還是佔多數。

作為西方哲學其中一個起點，蘇格拉底便認為年老「好比逃離了癲狂野蠻的主人」，「毋庸置疑的是，年邁後不僅能保持深刻的平靜，還能從各式各樣的激情中解脫」。

有說，這是反映了西方哲學「重理性，輕感性」的傳統，因而嚮往缺乏激情與慾望的晚年，而蘇格拉底的這段話，又彷彿呼應了在歷史上差不多同一時期的孔子之教導：「吾十有五而志於學，三十而立，四十而不惑，五十而知天命，六十而耳順，七十而從心所欲，不踰矩。」

六十耳順，七十而從心所欲，但若然八九十而周身病痛，我們還會嚮往年老嗎？在晚年，十八世紀蘇格蘭哲學家大衛・休謨（David Hume）曾說：「我苦於足以致命且無藥可醫的腸道失調症狀，但若要我選擇人生的某個階段再活一次，我應該會選晚年的這個階段。」而三個月之後，他安詳離世。

以上任何一位思想家的說法，都沒有令我更明白自己是怕老，還是嚮往變老，卻讓我理解多了一點文首提到「突然變老」與「漸漸變老」之所謂二分。

或許，年老真的像陸機所說像河流一般置於眼前而奔流不止，但，若然你從來沒有要去留意這河流，又突然一望，你大概會經驗到村上春樹所言的「一瞬間變老」了。兩者，並無衝突。

所以，我想說什麼？我想說：當我們去想「老」，我們便真的老去了。

我不能

功利主義之不能也

我們都讀過戰國《孟子．梁惠王上》的一句名言：「挾太山以超北海，語人曰『我不能』，是誠不能也。為長者折枝，語人曰『我不能』，是不為也，非不能也。」

這句說話不難解，大概是說要人持著太山跨越渤海，這是「真的做不到」，但要一個人為老人家折取樹枝，而他說做不到，那是不願意做，而非做不到。然而，這句說話難懂的問題在於：在林林總總做得到的事情裡，有什麼是我們應該做、願意做，而又有哪些是不可為之呢？

十八世紀英國哲學家謝洛美・邊沁（Jeremy Bentham）提議了一個方法，稱之謂「快樂計算」。被譽為「規範倫理學之父」的邊沁認為，行為的對或錯，取決於它帶來的後果，而這就是功利主義（Utilitarianism）。邊沁寫道：「最多人的最大幸福，就是衡量對與錯的標準。」

按照如此說法，我們似乎可以有系統地權衡輕重，作出「可以為之」的事情。舉例，一個人勞動而一家人享福是可以為之；犧牲小我完成大我是可以為之；劫少數人的富，而濟多數人的貧也是可以為之。

但，這說法也似乎會同意：殺一人救十人是可以為之的。這聽起來是否怪怪的呢？邊沁也覺得有古怪，所以進一步提出了一個更嚴謹的「快樂計算」方法，即我們必須按照綜合的標準來計算所有行為帶來的快樂和痛苦。

這七項標準，包括行為結果的強度、持續時間、可能性、接近性、行為的繁殖力（即它能否營造更多的快樂或痛苦）、純度，以及程度。邊沁認為，只要按照這七個標準來進行「快樂計算」，計算出行為結果的快樂或痛苦之總和，我們便可以知道事情是可為或不可為。

不過，我擔心的是：我們不是不想弄清楚該作什麼可以為之的事，而是當我們面對以上這些換算單位不一又概念不清的標準時，我們實在運用不了理性去執行這貌似科學的「快樂計算」。換句話說，要執行快樂計算，倒真的是「挾太山以超北海」一般之不能也。

妒忌

不必要又必然的比較

常言道，人比人，比死人。理性上，我們都知道「我是我，別人是別人」，但現實裡，我們卻是一次又一次地與人比較，而一次又一次將自己投入沮喪之中，就算我們勝過一次半次比較，終於也會遇上那一次比不上的時刻。

我們怎樣解釋這看來沒什麼益處的行為模式呢？人比人，大概是人的天性。在成長中，我們與同學比身高；在職場上，我們與同事比業績；在社會上，我們與別人比地位。這些比較，雖不必要，又是必然。

所謂「必然」，在於哪怕是天才般的大師，也有耐不住要與人比較之時。舉例，說到唐詩，連沒有怎樣念詩的人都會說到「李杜」二人，而哪怕厲害如杜甫，也有要與別人比較而自憐的時候。

話說，年過半百的杜甫，因生活困難而被迫離開成都，於是在〈秋興〉詩八首之三，不禁感慨：「同學少年多不賤，五陵裘馬自輕肥」，意思是：年輕時一起學習的同學大多飛黃騰達，他們在京城長安穿輕暖的皮衣，乘坐大馬拉的車子，過著富貴的生活。言下之意，杜甫自愧不如。

懷才不遇，忍不住與人比較，這倒是合理。更重要的是，如果與人比較，可以激起自尊，發奮圖強而教自己進步，這種比較也可以有益而值得。問題是，怎樣的比較是「不必要」，甚至是有害的呢？

十七世紀英國哲學家法蘭西斯・培根（Francis Bacon）的思想影響深遠，而我們大多記得他有關知識論的觀點。然而，他也有不少關於人生的見解，例如他認為，人創造了「偶像」（idola），而人將自己與偶像比較之惡果，就是妒忌。

培根認為，偶像等同偏見，偏見帶來妒忌，而妒忌阻礙了我們分辨事物本質的能力，他說道：「妒忌心是榮譽的害蟲，要想消滅妒忌心，最好的方法是表明自己的目的是在求事功而不求名聲。」

在此，我認為培根給了我們一個清楚的準則：當我們感到要妒忌別人，也就是我們要停止與人比較之時。

孝順

吾親舍其下

許許多多的哲學家都選擇一輩子獨身，但其實，還是有不少如蘇格拉底、亞里士多德和格奧爾格．黑格爾（Georg W. F. Hegel）一般安於娶妻生子組織家庭的哲人，而無論這些哲學家有沒有生兒育女，他們始終也會有父母，也是父母的孩子。於是，思想家都無可避免要正視「家庭觀」這議題。

我們中國人的思想體系，「孝」至關重要，而在英語世界，這一般譯作「子女恭敬」（filial piety）。孝是我們傳統的家庭觀念基礎，也是透過由個人到社會的展現而成為構作和諧世界的核心價值。但，我們是怎樣實踐「孝」的呢？

從小到大，我們被教育孝順父母的第一步便是「聽話」。我們聽父母的說話而不反駁是基本，我們跟隨父母的指令行事與自律，就是孝。孝，發展成不同的禮，於是我們要主動地跟父母問好、定時關心與送禮等等，而孝也成為了責任，於是為了避免失責的壓力，我們盡力盡責地實踐孝。這是孝成為了社會結構的過程，但這樣的孝是規範的，也是某程度上的約束。

最理想的孝，或許是一種在責任以外的念。話說，北宋時，歐陽修與宋祁等人奉仁宗詔令修撰了史書《新唐書》，其中有〈狄仁傑傳〉一文，寫到唐代名臣狄仁傑受工部尚書賞識，推薦他擔任了并州法曹參軍。

當時，狄仁傑的父母住在河陽別第，即今河南境內，而并州則位於今山西境內。有一日，狄仁傑來到太行山，也就是山西與河南的界山，回首眺望，「見白雲孤飛，謂左右曰：『吾親舍其下。』瞻悵久之，雲移乃得去」。

意思是，狄仁傑見到一朵白雲在天空飄飛，於是對兩旁的人說道「我的父母就住在那片白雲的下方」，然後他仰望天空，心中悵然若失，直到那片白雲飄走才肯離開。

這一份對父母的念，大概就是最理想的孝，不為禮，也不為責任，只是發自內心的孝念。當然，若然兩旁沒有人，狄仁傑又會否說出如此的話，那就不好說了。

辛勞

為什麼要工作？

大家都聽過「日出而作，日入而息」這句話，但不一定知道這句話來自先秦時期的一首詩，名叫〈擊壤歌〉。

什麼是擊壤？它是一種古時的投擲遊戲，玩家將一塊木板放在遠處，然後用另一塊木板扔過去打它，擊中者為勝。〈擊壤歌〉則講述堯帝時期，有老人在路邊玩擊壤，旁人見他有閒情玩樂，讚嘆天下和平實乃堯帝行德政之果，但老人聽了不以為然，唱道：「日出而作，日入而息。鑿井而飲，耕田而食。帝力於我何有哉？」

老人的意思是，他每天早出晚歸辛勞工作，自己鑿井才有水喝，自己耕種才可以飽腹，一切日常自給自足，付出了一天的勞動才換來空暇玩樂，實在不明白這跟堯帝有什麼關係。

因這個典故，後人以「擊壤」比作太平盛世，而唱道〈擊壤歌〉的老人，也被視為蒙受堯帝恩澤而不自知的純樸又無知的百姓。老人的無知，在於他不知道自己之可以自給自足，源於堯帝行德政以至天下太平，同時，他也無知於不理解自己工作的目的。

老人的勞動實踐與想法，跟現代都市人沒有兩樣。老人日出而作日入而息，每天辛勞，為的是溫飽，而勉強說他要追求之目的，也就是換來閒情。這樣的想法沒有錯，只是以「辛勞換閒情」的矛盾本質，太容易叫人迷失於勞動。

或者，我們可以重溫一下古希臘哲學家亞里士多德的提醒。亞里士多德認為，工作是追求幸福的一種運動，也就是將自己的「潛在」（dynamis）轉化成「現實」（energeia）

的過程，而這樣的轉化是為了讓我們可以做「更善的選擇」。

老人自給自足的勞動，或許有善於自己，但若然他能夠明白工作的本質，以工作來創造更多的善，正如堯帝的工作，就是創造了一個善的世界，讓百姓好好生活，那麼，工作就不只是勞動。

如果你發現自己正在迷失於無休止的忙碌，不妨想一想：你的工作，有善於誰？你的工作，又可以怎樣讓你做出「更善的選擇」呢？

冷漠

樂觀主義的無情

在一七五九年，啟蒙運動思想家伏爾泰（Voltaire）寫了一部諷刺小說《憨第德》。在故事裡，主角憨第德有一位名叫邦葛羅斯的導師，他擅長於形上學、神學兼宇宙學，更是一名徹頭徹尾的樂觀主義者。哪怕大地震發生，並導致近三萬人被困瓦礫，邦葛羅斯還是安慰倖存者說：「對去任何世界而言，這樣子生活是最好的。」

邦葛羅斯的樂觀主義，沒有安慰到任何一個倖存者，而這又讓我想起柳宗元的一篇文章，題為〈賀進士王參元失火書〉。進士王參元失火，柳宗元竟寫了一封賀書？正是！

柳宗元寫道，他接到了一個通知，知道進士王參元「遇火災，家無餘儲。僕始聞而駭，中而疑，終乃大喜，蓋將弔而更以賀也」。柳宗元知道別人遇火災，燒到家裡一點也不剩，卻在吃了一驚以後，從疑惑到大喜，並且決定將慰問改為道賀。何解呢？

在此，他還煞有介事地多說了一次：如果你的家真的燒得清光，真的一點也不剩的話，「乃吾所以尤賀者也」，意即他更要格外地向他道賀。究竟，這是什麼的道理呢？難道柳宗元與王參元有仇？非也。

柳宗元之後有所解釋，而其主軸是：「凡人之言，皆曰盈虛倚伏，去來之不可常。或將大有為也，乃始厄困震悸，於是有水火之孽，有群小之慍，勞苦變動，而後能光明」。

這段說話的意思，大概是盛與衰是互相倚伏的，來去沒有一定，而當人將有大作為之前，往往先要遭到困厄驚恐，如有大水、大火之禍，或小人的怨恨，但在經歷勞苦變動之後，最後就會有光明。

柳宗元說，古人都是這樣的，但我想，難道王參元可以因此道賀而得到安慰嗎？這正如《憨第德》裡的邦葛羅斯也無法以樂觀主義去安慰到地震倖存者一般。

那麼，樂觀主義是錯的嗎？也不是。樂觀主義可以是個人選擇的處世態度，只是它不適用於安慰別人，尤其在別人面對苦難之時，樂觀主義式的安慰，有時候格外叫人感到冷漠、無情。

抑鬱

久而樂之，不知其疾

抑鬱是一種程度，輕的抑鬱叫人困頓，重的抑鬱可以致病。後者需要醫生或專業人士的幫忙，前者卻是每一個人在人生不同階段都有機會經歷過的狀態。

關於抑鬱的的狀態，我想起了澳洲華裔插畫師陳志勇的繪本《緋紅樹》。故事講述一名小女孩一覺醒來，感覺世界變得陌生，沒有人再了解她，而她的生命也沒有什麼值得期待。於是，女孩掉入了抑鬱的狀態。

陳志勇怎樣以畫面和場景去描繪這狀態呢？在他的筆下，抑鬱是獨個兒卡在瓶子裡；是下雨天時，孤單一人留在滿是卵石的海灘；是空蕩原野上的一把椅子；也是一大堆信從天而降撒落到地上。在我讀來，抑鬱的狀態就是一個人感覺被困在無限大空白的渺小與壓迫。

在《緋紅樹》，小女孩終於在故事結尾走出了這個狀態。一棵緋紅樹，從女孩睡房的地板冒出來，小樹的光照亮了她，給了她色彩、活力、希望，以至臉上的一抹笑容。

回到我們的人生，這棵緋紅樹又可以是什麼呢？話說，歐陽修在〈送楊寘序〉一文，也提到他的抑鬱。他寫道：「予嘗有幽憂之疾，退而閒居，不能治也。既而學琴於友人孫道滋，受宮聲數引，久而樂之，不知其疾之在體也。」

歐陽修的緋紅樹就是音樂。他曾經抑鬱，辭職回家靜養，但治不好，後來跟友人學琴，學了幾首宮調的曲子，彈琴久了，便忘了抑鬱之疾。

音樂，不單幫了歐陽修走過抑鬱的狀態，還幫了他的好友楊寘。楊寘「好學有文，累以進士舉，不得志」，加上他「以多疾之體」多年來住在風俗和飲食習慣不同的地方。

歐陽修問道：楊寘是如何走過這悶悶不樂的人生低潮呢？

歐陽修自問自答：「然欲平其心以養其疾，於琴亦將有得焉。」原來，楊寘之所以做到心平氣和，可以調養身體的疾病，其方法也是彈琴。我想，音樂的確可以陶冶性情，只要你的抑鬱不是從被迫學琴而來便是了。

放下束縛

不求甚解的道理

今時今日，當我們說某人不求甚解，即批評他的學習態度不夠認真、敷衍了事，但若然我們回到當年陶淵明所寫的「不求甚解」，大概會讀到另一個意思來。

在〈五柳先生傳〉，陶淵明寫到有一位五柳先生，「閒靜少言，不慕榮利。好讀書，不求甚解；每有會意，便欣然忘食」。陶淵明強調，讀書帶來樂趣，而不必拘泥於艱難文詞的過度考究與解釋，而當讀書人遇有心領神會之處，自然滿足到忘記飲食。

所以，這算是認真地讀書，還是不認真地讀書呢？陶淵明想說的是，我們可以為了精神上的享受來好好讀書，卻不要為了求取利祿、應付考試而執著地讀書。

到了當代，巴黎第八大學的文學教授皮耶・巴亞德（Pierre Bayard）便提出了「閱讀的束縛」一說，巧妙呼應了東晉陶淵明的說法。巴亞德認為，現在大家讀書少了，主要因為一種閱讀的束縛，即認為「閱讀是一種值得敬重的行為。尤其是如果你不想被別人看不起的話，某些重量級的書籍更是非讀不可」。

巴亞德認為，大家少了讀書，正正是因為我們太「重視」讀書。於是，當我們只有五分鐘的時間，便不會隨隨便便地打開書；當我們感到有點不精神時，也不會讀書，怕讀著讀著便睡著；當我們讀不懂書中的某字某詞時，更會去查字典去，一頁下來，查了十多個字之後，便失去了讀書的動力。

換言之，我們往往以認真讀書之名，給自己設限，束縛了好好讀書、享受讀書的可能。巴亞德認為，與其因為這些「閱讀的束縛」而怕了讀書，甚至不去讀書，倒不如早早放下這些執著，教我們不一定要讀所謂的經典、巨著，也不一定要像學者與教士一般解經式地讀書。當我們輕鬆讀書，讀書自然快樂，而我們也自然多讀書。

話說回來，我們現在對「不求甚解」之誤用，也算是不求甚解之舉，但既然陶淵明贊成「好讀書，不求甚解」，那我們也不必過分計較吧！

怕死

固知一死生為虛誕

生死是人生大事，死亡更是令人多愁善感的大課。為了解憂，不少宗教提出後世，令死後有生；不少哲學家則嘗試將死亡視為生命的一部分，就如二十世紀德國哲學家馬丁．海德格爾（Martin Heidegger）所言：「我們向死而生，當你無限接近死亡，才能深切體會生的意義。」

人向死而生，但不代表死亡就此成為了一件小事，而早於晉代，書聖王羲之便在〈蘭亭集序〉記下了這樣的想法。

〈蘭亭集序〉是人所共知的名帖，學習書法的人無不曾臨摹之（又說，帖中重複的字均有不同寫法，包括各具風韻的二十個「之」字），就連意大利太空人薩曼塔·克里斯托福雷蒂（Samantha Cristoforetti）在二〇〇二年於國際太空站飛越北京時，也在社交媒體發帖，帖文引用〈蘭亭集序〉：「仰觀宇宙之大，俯察品類之盛。所以遊目騁懷，足以極視聽之娛，信可樂也。」

王羲之寫樂，同時感慨人生的愁。王羲之寫道：「古人云：『死生亦大矣。』豈不痛哉！每覽昔人興感之由，若合一契，未嘗不臨文嗟悼，不能喻之於懷。固知一死生為虛誕，齊彭殤為妄作。」在此，重點在最後一句！

王羲之認為，將死與生看成一樣，根本是虛誕的說法，將長壽與短命看成相同，更是胡言亂語。這代表王羲之看不穿死生，拋不開對死亡的執念嗎？

在快樂之中，王羲之想到了死亡，但在思考死亡之時，他不是受困於死亡之愁，而是覺悟人生在世更要把握當下的快樂、記下當下的生命。

當日，一班文人墨客在曲水旁邊飲酒賦詩，其樂無窮，才令王羲之想到人生匆匆而過，「況修短隨化，終期於盡」，但又正因為生死事大又無常，王羲之才會想要抄下參加了那場聚會的人所賦的詩，也就有了〈蘭亭集序〉。

據說，王羲之酒醒之後，打算把原文重寫，但怎樣寫，也寫不到比當時在蘭亭集會時所寫的好。當下，一瞬即逝，珍惜當下的時機，亦然。

知足

知變的真實

大家都說，人要知足常樂，但當人過分樂於知足，又可能變得消極，不求上進，甘心生活於平庸，正如十九世紀英國效益主義哲學家密爾說道：「寧願當不知饜足的蘇格拉底，也不做知足常樂的呆瓜。」

密爾的說話，固然有他的道理，但同時反映了一般人對於「知足」的誤解。早於古希臘時代，斯多葛學派的愛比克泰德便說道：「別要求萬事萬物如你的心意。每件事順其自然發展，人生就會順順利利。」

表面上，愛比克泰德教導我們「知足」，但實際上，他強調的是「知變」。我們不是單純地、被動地樂於現狀，而是知道「每件事順其自然發展」。發展，即變化，在變化之中，我們繼續生活，而不是無知地在痛苦中等待生命結束。

這讓我想到北宋文人王禹偁的〈黃岡竹樓記〉。此文幾乎全為寫景、敘事，卻又鮮明地寫到了知變的生活態度。話說，王禹偁來到黃岡竹樓，享受既幽靜又遼闊的風光。公餘閒暇之時，他身披「鶴氅衣，戴華陽巾，手執《周易》一卷，焚香默坐，消遣世慮」。

在這消除世俗煩慮之間，王禹偁欣賞山光水色，又「見風帆沙鳥，煙雲竹樹而已。待其酒力醒，茶煙歇，送夕陽，迎素月」。不少人讀文到此，都會著眼於王禹偁「送夕陽，迎素月」的知足，但我卻執著於他「手執《周易》一卷」。

《周易》，即《易經》。易，即變。為什麼是手執《易經》而不是別的書呢？我認為，這代表他明白「知變」之道，乃是自處於變化之中的道理。這道理去到文末，更有所呼應。

王禹偁寫到，有人說黃岡竹樓的竹瓦只能用十年，如果蓋上雙層，也就只能用二十年，但他反問：「未知明年又在何處，豈懼竹樓之易朽乎？幸後之人，與我同志，嗣而葺之，庶斯樓之不朽也！」

當我們知變，便不怕腐朽，更會主動努力、修補缺陷，好以心安地面對未來的變化。

忠於自我

人是美玉

一個人，是怎樣成為人們之中的一個人呢？

聽不明白這問題嗎？我的意思是，我們生而為人，絕非孤獨一人，是活於人與人之間，而作為人間之人，我們便要經歷社化的過程，卻又面對兩難：我們如何既在社化之中，又可以活出真我呢？

在此，唐代詩人韋應物給了我們一個想像，他在〈詠玉〉一詩寫道：「乾坤有精物，至寶無文章。雕琢為世器，真性一朝傷。」詩人讚美玉乃是天地之間的靈物，又感嘆美玉一經工匠的雕琢，反而失去了原來的靈性，成為了一般世俗的玩物。

若然我們想像一個人的社化過程，像工匠雕刻美玉，那麼人的真我便在這過程中慢慢流失了，哪怕最後成了他人眼中的一塊玉，但「真性一朝傷」，便成為了世俗的一員。

到了現代，德國哲學家弗里德里希・尼采（Friedrich Nietzsche）也有類似的感悟，他認為，所謂忠於自我，並非要挖掘出一個自以為藏於內心深處的自己，而是要主動創造全新的自己，成為一個自己想以成為的自己。

尼采相信，人是真我的創造者。然而，當這種「忠於真實的自己」被推至極端，那就是對社化的全然拒絕，而這樣便很可能帶來個人與社會的危機。

因此，當代哲學家查爾斯・泰勒（Charles Taylor）提醒我們：「生活方式有很多種，你可以創造自我專屬的，這也是社會的普遍要求，沒人期待你去模仿他人的生活方式」，但「實現自我的過程並非單靠自己一人之力，而是與他人不斷進行內在與外在的對話」。

泰勒的提醒教我們聯想到，就算人的社化過程，真的如韋應物所言，像工匠雕刻美玉一般，我們也不必害怕自己的真我被雕掉刻走，因為重點是要找到一位懂得與美玉對話、能夠看得見美玉本性的好工匠。

來自外界的善意批評，是好工匠；千篇一律的世俗觀點，是壞工匠。兩者之間，我們擇善固執，樂於「變成」（becoming）的過程，才有機會以他人善意將自己雕塑成賞心悅目的美玉，而不至於成為一塊暗淡無光的頑石。

坦然

孔德版本的浩然之氣

有天，公孫丑問老師孟子，說：「老師，你的專長是在哪一方面呢？」孟子回答：「我知言，我善養吾浩然之氣」。知言，則辨析言辭，但什麼是「浩然之氣」呢？

公孫丑也不明白什麼是「浩然之氣」，孟子續說：「這實在很難用言語來表達清楚。這股極為浩大、剛強的氣，是長期累積正義而產生的，必須用正義與道德相互配合，使這股氣充塞於天地之間；這可不是偶而躬行正義之事就能夠得到的，而是時時刻刻都要把正義牢記於心，並且不可用不適當的方式來助長它。」

接著，公孫丑也是不太明白，孟子便繼續說「拔苗助長」的故事，乃後話。孟子先說自己「知言」卻又「難言」，說不清楚什麼是「浩然之氣」，這是相當有趣的鋪排，也引來了後世讀書人與學者的種種解釋。我沒有要在此評論這些解釋，只是剛好想到一個聯想，想跟大家分享。

話說，十九世紀法國哲學家兼實證主義的創始人奧古斯特・孔德（Auguste Comte）提出了「利他主義」（Altruism）一詞，認為人必須有意識地堅定心志，並以此戰勝內心的自私與利己。

孔德相信，「只愛自己」的利己主義始終會陷入「無法控制的興奮」，當人的利己慾望越挖越深，而慾望又是無止境的，那人類社會終究不會得到幸福與快樂。因此，人應該克服天生的利己，以意志和訓練培養利他精神。

但，這樣違反本能的操作是可行的嗎？孔德認為，利他也是人性本能的一部分。人，既是個體，又是群居的社會動物，所以人性本來就包涵「個人主義」與「集體主義」兩者，而這也是內心掙扎的起因：當「我」遇上「我們」……

孟子所言「以直養而無害」，固然是說我們要刻意地去培養這個精神，而他說「其為氣也，配義與道」，這「義與道」豈不是否有關集體的連結與思考嗎？一股從心而發又關顧到他人的集體利他精神，或許真的是「浩然之氣」之一種表現。

欣賞細節

見微而知著的蜜蜂

生活學的日常習作是觀察：觀察生活的美好、觀察自身的感受、觀察人與人的互動，見微而知著。

「見微而知著」出於北宋文學家蘇洵（即蘇軾、蘇轍之父）的〈辨姦論〉，他寫道：「事有必至，理有固然。惟天下之靜者，乃能見微而知著。月暈而風，礎潤而雨，人人知之。」

簡言之，事物有必然的勢和結果，道理自有正確的答案，而冷靜的人可以從細微的現象與變化而看到未來，見到月亮周圍有光環，即想到要颳風，見到石上返潮濕潤，即想到下雨。

但，蘇洵又提醒我們，即使是賢者也有察覺不到身邊世事的時候，這是因為「好惡亂其中，而利害奪其外也」，意思是喜惡的情感攪亂了思想，利害的考慮支配了判斷。以現代的說法，這就是「確認偏誤」（Confirmation Bias）。

蘇洵生於一〇〇九年，約五百六十年之後，英國哲學家法蘭西斯·培根才出世，及後被稱為「確認偏誤」的提出者，他寫道：「人們一旦採取了某種觀點……思考時便會試著找出所有能支持自己觀點的證據」，於是忽略了應該要注意到的細節。

作為西方古典經驗論的始祖，培根跟蘇洵一樣強調「見微而知著」，同時指出必須以理性推論平衡之，他在《新工具論》寫道：「實驗者猶如螞蟻，只會搜集和利用材料；

推論者宛如蜘蛛，運用自有材料織網；蜜蜂則採中庸路線，從花園和田地的花朵收集材料，接著將其吸收、轉化為自身的能量。」

培根續寫：「哲學探索與蜜蜂的工夫無異，哲學家不會單純仰賴思考的力量，也不會一下就把自然環境與機械實驗獲得的素材儲存下來。我們會思考、理論並消化材料，最後才把它轉成知識。」

「見微而知著」是起點，在此之上運用理性、邏輯、判斷、辯證，才能從現象看到秩序，看到道理。又說，當我重讀培根的文字，見微而奇想：難道這位英國哲學家曾有幸受到了前人蘇洵的啟發嗎？

孤獨

無聊是惡的根源

南宋女詞人朱淑真，曾經寫了一首十分孤獨的詞〈減字木蘭花・春怨〉，她寫道：

獨行獨坐，獨唱獨酬還獨臥。佇立傷神，無奈輕寒著摸人。

此情誰見，淚洗殘妝無一半。愁病相仍，剔盡寒燈夢不成。

詞中描寫一名女子從白天起，孤形單影地坐立，又同時扮演兩個角色來唱和，而到了夜晚，還是孤零零地就寢。她獨自一人，久久站著凝望自己，倍加傷神，點點的微寒更撩惹了愁緒。女子感嘆，這份愁情沒有誰能夠見到，她淚流滿面，淚水把粉妝沖洗得沒有剩下一半，她愁病交加，哪怕把燈芯挑了又挑，終究難以入眠。

朱淑真寫出了一種孤獨到病的狀態，而有過這樣經驗的人，不屬少數。曾經，有不少哲學家都探討過孤獨，而其中一個說法是，孤獨之所以傷人，在於無聊，而非一個人的狀態。

一個人，可以生活、創作、自在，那麼這「一個人的狀態」便沒有產生孤獨感。然而，當一個人感到無聊，孤獨感便會產生，引來壞的情緒與想法，而齊克果更直截了當地說：「無聊是惡的根源」。

若然「無聊是惡的根源」，那更可惡的是，我們可能沒有辦法將它根治。悲觀的叔本華又來了，他提議我們，無聊是人生不可迴避的結果。他認為，生命是不斷追求我們以為可以帶來愉悅或消除不滿的事物，而一旦這目標到手，人反而不會有鋪天蓋地的喜悅，而是進入下一個無聊的循環。

叔本華寫道，人無聊時，就「像猛獸一般虎視眈眈地盤旋在安逸生活的上空」，接下來我們會為自己訂下目標，以為這目標可以帶來安逸，於是一而再再而三地重複這個無聊的追逐過程。

作為悲觀大師，叔本華的見解合乎他的人物設定與思想進路，但我想：既然生命沒有終極的安逸，或許也不會有終極的無聊，任何的循環，大概也可以是有意義、有益的過程，就像皮膚必然一天一天地衰老，難道我們晚上就不用去敷面膜嗎？抱歉，如果我給了一個無聊的比喻。

受騙

不要騙人騙神騙自己

我經常提到陶淵明的文章，說他淡泊名利、歸隱自然的生活態度。有時，我又想，若然歷史改寫，假如陶淵明在他死前那　年，沒有拒絕江州刺史檀道濟的邀請而答應出仕，且在任內離世的話，後人又會如何評價他的文與人呢？

陶淵明超塵脫俗的心志，始終如一，但歷史上確有不少人偽裝隱士，借歸隱自然之名，實則等待機會追求名利爵祿。這些人反覆無常，除了叫親友與追隨者失望之外，更可能會傷了大自然之心。

南朝文人孔稚珪，寫了一篇〈北山移文〉。北山，即鍾山，在今南京市之北；移文，原是官府用來頒布政令的公文。〈北山移文〉卻是作者借北山神靈之名，說山神被一名偽隱士欺騙，故此拒絕這名官員路過北山的文章。

山神受騙的經過是怎樣的呢？原來，曾經有一名周君，乃「雋俗之士，既文既博，亦玄亦史」，山神以為他遁世隱居，卻發現他在草堂裡濫竽充數，在北山中偽裝隱士，「誘我松桂，欺我雲壑」。

這名周君，騙了松騙了雲騙了山，山神嘲諷此人，「乍回跡以心染，或先貞而後黷」，說他當初暫時隱居山林，心裡卻染著俗氣，起先或許清正，後來卻變得污濁。

更令山神傷心的是祂目睹此人的變臉。當欽差車駕入山，詔書來到，此人立即變了模樣，「形馳魄散，志變神動」，在筵席上眉飛色舞，揮衣舞袖，「焚芰製而裂荷衣，抗塵容而走俗狀」。簡單來說，就是俗氣之真身現形。

山神說「昔聞投簪逸海岸，今見解蘭縛塵纓」，感嘆從前有人拋棄官職而隱居海邊，現在卻有人脫去蘭衣而落在塵網。這不單是一場騙局，更是情騙！山神怨道，如此一來，「高霞孤映，明月獨舉，青松落陰，白雲誰侶」？總之，離人不再歸來，山神感到無比寂寞。

因此，當此人打算借路再遊北山，受情騙的山神以此文明言，拒絕這個負心漢重遊舊地。到頭來，我們應該學會了什麼？從一而終，對人，對自然，對志向亦然。

思念

活著的意義

《詩經・邶風・綠衣》寫下了可能是歷史上最早的一首悼亡詩：「絺兮綌兮，淒其以風。我思古人，實獲我心！」，

這首詩描寫一名鰥夫拿出了妻子生前親手縫製的衣服，一邊輕輕撫摸衣物，一邊回想妻子活著時，都會幫他張羅換季的衣服，但如今外頭冷風淒淒，身上卻是夏天穿的「絺綌」，即葛布衣，擋不了寒意，也擋不了思念那一位深知他心意的已故妻子。

從前，老師教導這首詩，說它寫到了丈夫思念妻子的情感，但我始終沒有讀明白，在我看來，丈夫更像是想念妻子的照顧者功能，多於思念妻子本人。

或許，這只是出於我的刻薄，也可能是那一位丈夫的情感內斂，但無論如何，以睹物思人而言，我認為西晉潘岳的〈悼亡詩〉倒真的寫到了一份思念故人的愁。

潘岳寫道：「望廬思其人，入室想所歷。幃屏無髣髴，翰墨有餘跡。流芳未及歇，遺掛猶在壁。悵怳如或存，回惶忡驚惕。」潘岳看著從前與妻子一起生活的房子，想起了點滴往事，物是人非，而他只能夠沉浸於哀傷，感嘆無法改變妻子離世的事實。

潘岳的〈悼亡詩〉開啟了以後文人祭悼妻子便以「悼亡」為題的傳統，更成為了詩文的一個類別。悼亡令人傷感，這是本能，而人類的文明進一步把這份傷心的悼亡變得有意義。

猶太裔法國哲學家伊曼紐爾・列維納斯（Emmanuel Lévinas）曾經在第二次世界大戰時，遭納粹德軍俘虜，並關進了集中營。其間，他失去了全家人，只有自己活了下來，這個回憶不但給予他苦不堪言的傷感，更帶來了一份罪惡感，他的內心自責：為什麼死了的人不是我呢？

這樣的痛苦，迫使他長期思考生命、存有、他者等等的主題。列維納斯的哲學，艱澀深奧，但至少我們可以明白到他的一個論點：逝去的故人與活著的我們，依然有著一份倫理關係，我們的關係不停留於過去，而在於當下，在於當下的每一次思念，都是教我們尋找繼續活著的意義。

神神秘秘

秘密花園，喜與予遊也

在一九〇九年，英國作家法蘭西絲．霍森．柏納特（Frances Hodgson Burnett）創作了兒童文學的經典《秘密花園》（*The Secret Garden*）。小說講述女主角瑪麗出生於富裕家庭，卻找不到快樂，更成為了一名驕縱的女孩。

在父母因霍亂雙亡後，瑪麗更被迫搬進了姑丈的家。當我們以為她的命運將會變得更糟糕的時候，想不到這個陌生的家卻拯救了她。在這裡，瑪麗結識了不同的朋友，如園丁、女僕、女僕的弟弟等。這些朋友不但令刁蠻的瑪麗變得開朗，也令她學會敞開心靈、與人交往。

朋友，教我們快樂，也教人長大，使我們成為懂得幫助朋友的朋友。瑪麗要幫助的「朋友」就是姑丈的兒子柯林。從小，柯林便以為自己遺傳到父親的駝背，加上缺乏雙親關懷，於是終日臥病在床，非常孤單。瑪麗得知了柯林的狀況，與此同時，無意間發現了通往秘密花園的鑰匙。

這秘密花園成為了瑪麗的樂土，也成為了她幫助柯林走出陰霾的方法。瑪麗帶領柯林一邊整理這個花園，一邊整理大家的脆弱，也找到了屬於彼此的溫暖。

又說，比《秘密花園》早約一千年前，歐陽修寫下了名篇〈豐樂亭記〉，說他擔任滁州太守，不久便喜歡了那裡，「樂其地僻而事簡，又愛其俗之安閒。既得斯泉於山谷之間，乃日與滁人仰而望山，俯而聽泉」。

這隱於山谷間的甘泉，正是歐陽修的「秘密花園」，他每天同滁州的人士來遊玩，抬頭望山，低首聽泉，「掇幽芳而蔭喬木，風霜冰雪，刻露清秀，四時之景，無不可愛。又幸其民樂其歲物之豐成，而喜與予遊也」。

為什麼我們明明在談瑪麗如何教柯林變得快樂，鏡頭一轉，又轉到了歐陽修如何「本其山川，道其風俗之美」呢？

《秘密花園》與〈豐樂亭記〉，一小說一散文，兩者相差一千年，卻共同指導了一個尋找快樂的方法：既要找到你的秘密花園，更要找到「喜與予遊」此花園的朋友。

珍惜

惺惺惜惺惺

你有多少個朋友呢？五個、五十個，還是一百五十個，甚至更多呢？當人際網絡從物理世界擴展到虛擬時空，我們的朋友數目也持續增加，但弔詭的是，哪怕朋友數目再多，我們也會有一時半刻，感覺自己正在活於「孤獨的人群」之中。

「孤獨的人群」貌似一個矛盾的概念，既然是眾數的人群，又何以孤獨呢？然而，作為當代都市人，我們都不難體會這感覺，活於熱鬧，卻又孤立，隨之而來的情緒則是無助、不安。

這樣的怪現象，正正是當代美國社會學家大衛．理斯曼（David Riesman）提出「孤獨的人群」這概念的原因。以二戰後的美國社會為分析對象，理斯曼發現了人類的三個社會性格：「傳統支配型」，即重視社會的過去、儀式和習俗；「自我支配型」，即重視自己的內在價值；「他人支配型」，即重視別人的意見與目光。

更重要的是，理斯曼指出，隨著戰後的文明發展，「他人支配型」漸漸成為了主流的社會性格。個體傾向尋求他人的贊同，害怕被社群拋棄，而這種生活方式製造了一種強制關係，迫使人們放下自我，接收社群的品味、目標，以至價值。這樣的強制性人際關係，造成人群裡人與人之間的緊密聯繫，卻無法滿足個人對人際關係的自我追求。

換句話說，我們有了更多更密的人際關係，但這些關係的結果，更多是同儕壓力，而非真心享受的友誼。面對這樣的當代文明病，我們如何是好？或者，一句老話可以是解毒劑。

所謂「惺惺惜惺惺，好漢識好漢」，這句至少從元末明初便開始流傳的俗語，說來清楚：聰明的人，珍惜同樣是機智靈巧的人；豪傑志士，賞識同樣是義氣深重的人。

就算認識的人再多，我們要珍惜的人，也不必隨之而增多。我們不必極端地脫離社會去實現自我，同時，也不必勉強友誼。只要找到惺惺相惜的志同道合，人數不用多，卻是足夠教人生滿足的分量。

既相逢，卻匆匆

當年，蘇軾準備離開徐州至湖州赴任之時，他感慨自己如無根浮萍，四方流離，好不容易結交了新知新友，過不了多久又不得不與友人道別，於是寫道：「天涯流落思無窮，既相逢，卻匆匆。」

我喜歡念誦這句詞，喜歡它的韻，喜歡它的節奏，也喜歡它寫到的淡然淒涼。人淪落在外，內心愁緒無盡，人來人往，相遇又分別。但，若然沒有「既相逢，卻匆匆」，又何來「思無窮」呢？若然不是有這樣對於人際的認知，大概人也不會有深刻反思何謂朋友的機會。

因為際遇，蘇軾被迫要與親朋好友生離，而因為戰爭，法國哲學家伊曼紐爾・列維納斯被迫要與認識的人死別。列維納斯從納粹集中營存活了下來，卻失去了很多很多的親朋好友，他不禁自問：為什麼只有我活了下來呢？我繼續活著的意義又是什麼呢？

列維納斯的答案是「沒有意義」。他發現，生存了下來的自己，早已成為了一個「無存在者的存在」，而可以救贖他的「存在」的，就是「與人相遇」。列維納斯將所有相遇相識相知的人命名為「臉孔」（visage），他們包括已經逝去的人、現在活著的人，以及未來要遇見的人。

對於列維納斯來說，所謂倫理，就是去理解和接受與自己不同的種種「臉孔」，而人的使命，是繼承逝者的人生，繼續活下去，拋棄對自我的執著，好以將自己從「無存在者的存在」之中解放出來。換言之，人的倫理價值，建立在與異於自己的「臉孔」

共同生存的基礎之上。

於是，我們又明白到，人在天涯流落，固然遇見不少「臉孔」，但重點不在「匆匆」，卻在於「相逢」，因為每一個相逢，無論長短快慢，都建構了我們的人生，都指導了我們如何繼續有意義地活下去。

若然有一天，你聽到我念蘇軾的詞句，念成了「天涯流落思無窮，既匆匆，卻相逢」，請不要見怪，也請見諒！那大概是我的潛意識作祟。

冒險

像小鳥一樣小步行走

南朝宋時期的文人鮑照，才高意廣，但鬱鬱不得志，他在〈擬行路難〉詩十八首之六，寫道：「對案不能食，拔劍擊柱長嘆息。丈夫生世會幾時，安能蹀躞垂羽翼？」

這幾句詩描寫鮑照一想到時光易逝卻未有作為，即使美食當前也難以下嚥，激憤得他拔出長劍，對著柱子揮舞，不斷發出短嘆長吁，感嘆有志氣的男兒活在世上能有多長的時間呢？怎麼可以像小鳥一樣小步行走、垂翼不飛？

每當在做決定的關鍵時刻，猶豫不決，甚至想打退堂鼓的時候，我總是想起鮑照的這幾句詩。猶豫不決，有時來自於不敢冒險的膽怯，而人生卻是一次又一次的冒險。

第一次學會踏單車是冒險；在青春期時找伴侶是冒險；工作上的零和遊戲是冒險；旅遊時吃路邊小店的食物也是冒險；就連信仰上帝與否一事，十七世紀法國天才哲學家布萊茲．帕斯卡（Blaise Pascal）也說是一場冒險，只是這場冒險的賭博相當划算，「贏了就會得到一切，輸了也沒什麼損失」。

帕斯卡的論證是有爭議的，暫且不談，只是他提示了一個念頭：我們不是全知，不知道未來也不知道主宰，於是有時必須放手一搏。但，放手一搏的決定，也是有些要注意的地方，以免人生的冒險淪為一場巨大的病態賭博。

舉例，我們應該避免「賭徒謬誤」，即誤以為先前不相關的決定會影響未來。所謂賭徒謬誤，皆因有些賭徒會覺得連續擲硬幣出現了三次正面，便會覺得下一次是反面；

又或覺得連續出現的正面，將會連續下去，直至出現第一個反面，它又會連續地出現反面下去……

總之，賭徒謬誤的偽原則五花八門，貌以有理，實則為非理性的感覺，漠視了每一次擲幣都是一半一半的機率，忽視了這一場冒險的真實風險。

另一個值得留意的事，則回到鮑照的詩句「安能蹀躞垂羽翼？」。其實，如果知道自己仍然是羽翼未豐的小鳥，那麼小步行走、垂翼不飛，實在不是什麼壞事。量力而為，也是一種準備冒險前的學問。

迷失

自在於忘路之遠近

在電視上見到某玄學家說：「凡入大運前，人必先亂兩三年。」我沒有考究他這說法的依據，但想了想，這也不無道理，至少可以造成安慰、鼓勵人的道理。只要知道有限期、有終點，人不怕迷失，更何況迷失之後，可以迎上大運呢？

類似的遭遇，便發生在陶淵明在〈桃花源記〉所寫的漁人身上。話說，有一名漁人撐著船，沿著溪流而走，「忘路之遠近。忽逢桃花林」。

漁人見「夾岸數百步，中無雜樹，芳草鮮美，落英繽紛」，便繼續往前走，走出桃林，到了溪流的源頭，「便得一山，山有小口」。漁人見這山上的小洞有光，便下了船，從洞口進去，並找到了一個世外桃源。

在這人間仙境，「有良田美池桑竹之屬。阡陌交通，雞犬相聞」，住了一班「先世避秦時亂」而來的村民。村民十分友善，「設酒殺雞作食」，歡迎這位外來的漁人。數天後，漁人要走了，村民送別，但囑咐漁人：有關桃花源的事，「不足為外人道也」。

但，漁人不就是一名外人嗎？

村民視漁人是自己人，漁人卻視村民是外人。漁人出來後，沿路做了記號，並將此事報告太守。太守派人前往尋找漁人所作的記號，卻「遂迷，不復得路」。後來，有一「高尚士也，聞之，欣然規往」，未去便病死了。

陶淵明要寫的道理，顯而易見。「忘路之遠近」的人，可以忽逢桃花源；有計劃與路線去找桃花源的人，又可以「遂迷，不復得路」；一個有識之士要去找桃花源，更可以是徒然。

換言之，迷失，不一定是壞，還可能得到喜出望外的結果。相反，凡事謀算，滿有準備，也不見得一定不會迷失。

所以，怎樣才可以在迷失之中找到桃花源呢？答案可能是「不知道」，也可以是「隨緣」，但可想而知的是：如果一個人，像那漁人一樣忘恩負義，沒有心存善意，哪怕他曾經憑運氣一睹桃花源之美好，也不可能重回，更遑論引領別人到達。

害怕失去

似曾相識燕歸來

歷代文人寫下了不少關於「失去」的詩詞，例如李白感慨一去不返的昌盛榮景，寫道「鳳凰臺上鳳凰遊，鳳去臺空江自流」；賀知章有感時過境遷，物是人非，寫道「離別家鄉歲月多，近來人事半消磨」；岑參抒發人去樓空的感傷，寫道：「庭樹不知人去盡，春來還發舊時花」，等等等等。

感嘆失去，只因曾經擁有。實驗證明，我們未必會為了早餐盤上沒有雞蛋而失落，卻會因為早餐盤裡的雞蛋意外丟到地上而惱怒不已。心理學家稱之謂「損失規避」的心態，即相對於從未擁有，「曾經得到但失去了」更叫人難受。

為什麼人如此害怕失去呢？有說，我們真正害怕的，不是失去一隻雞蛋，也不是失去任何物質上的東西，甚至不是害怕失去伴侶或親朋好友，而是害怕失去自己。當我們每一次經歷「失去」時，當下的感受都在提醒我們：終有一日，消失的，不是別的，而是自己。

存在主義之父齊克果便曾寫道：「人類最悲慘的狀態是，自我悄然地消逝在世界上，彷彿自始至終不曾存在。」我們明白到，所謂「失去自己」，既是生物性、物理性的失去，更是精神上，以至是形而上的消失。

我們害怕失去自己，所以希望建立更多有關「自己」的存在證據，例如家庭、孕育、創業、寫書，等等等等，但同時，也就令自己擁有了更多，於是更害怕失去。更悲哀的是，哪怕我們如何嘗試力挽狂瀾，也只能如盧修斯・塞內卡（Lucius Annaeus

Seneca）說道：「珍愛的事物終究會離我們而去，或早已不復存在。」

只要我們的視角放得夠遠，不難發現，相比起宇宙的浩瀚，人的存在不可能不渺小。這讓我更懂得欣賞歷代文人寫下有關失去的一字一句，當我們看透存在的本質，明白人沒有擁有什麼，也就沒有所謂失去，我們便樂於活在聚散之間。

讓我以晏殊一詞作結：「一曲新詞酒一杯，去年天氣舊亭臺。夕陽西下幾時回？無可奈何花落去，似曾相識燕歸來」。

退隱

簡約主義的先驅

一八四五年，美國作家亨利・梭羅（Henry Thoreau）在麻薩諸塞州東部的康科德鎮的一間森林小屋隱居。後來，他將兩年又兩個月又兩天的簡樸生活體驗、想法，以至心路歷程，寫成了著名的《湖濱散記》（*Walden; or, Life in the Woods*），提倡簡單就是美的生活態度。

「想過簡單生活，其實並不容易。」梭羅寫道：「簡約，分成兩種，一種近乎愚蠢，另一種充滿智慧。哲學家的生活風格是外在簡單、內在複雜。」因此，有人說如今盛行的極簡主義生活方式，其先驅者乃是梭羅。對此，我倒有一些意見。

在《湖濱散記》，梭羅的確展示了對簡約生活的深刻反思，但早於唐代，即比梭羅早了一千多年，劉禹錫已經寫了著名的〈陋室銘〉，解說了所謂「外在簡單、內在複雜」的簡約生活智慧。

劉禹錫寫道：「山不在高，有仙則名。水不在深，有龍則靈。斯是陋室，惟吾德馨。」在此，他以「山水」喻室，以「不高、不深」言陋，並以「仙、龍」指涉德行，旨在指出：外在是物，內在是身，無論外在的物如何簡單，哪怕簡陋，只有內在是有德的人才是重要。

接下來，劉禹錫談到室內的景、客、事。陋室之不陋，在於跟自然相連，「苔痕上階綠，草色入簾青」；簡約生活的充實，也在於有質素的客人，「談笑有鴻儒，往來無白丁」；還有，陋室內沒有大場面裡那些擾人的絲竹聲，也沒有公文書牘，取而代之，是可以講究品味的生活，「調素琴，閱金經」。

無論是劉禹錫所言的陋室，還是梭羅談到的湖邊生活，聽起來，都有叫文人雅士羨慕的寫意。但，我們也不能不記得梭羅的提醒。他不鼓勵他人效法他的生活，理由是每一個人都有自己既有的條件與限制，並應該找到適合自己的簡約而睿智的生活方式。

以梭羅本人為例，他之可以放心在林中隱居，很大的原因是他的母親就住在離他不遠的鎮上，所以可以常常去幫他洗衣服、煮飯、做家務。

恐懼

人生非金石

歷代詩詞中，有很多很多領悟生命苦短的作品。舉例，東漢時，有〈古詩十九首〉之十一，寫道：

回車駕言邁，悠悠涉長道。
四顧何茫茫，東風搖百草。
所遇無故物，焉得不速老？
盛衰各有時，立身苦不早。

人生非金石，豈能長壽考？
奄忽隨物化，榮名以為寶。

詩人駕車遠行，有感於日夜奔波，功業名聲卻尚未建立，而人的盛年轉眼即逝，很快就到生命的盡頭。於是，詩人寫詩勉勵自己，要趁早立身揚名，不要等到行將就木，再來悔恨名聲不足以顯榮於後世。

如此想法的詩詞，多不勝數，歷代文人如陶淵明、白居易、杜牧、李白、杜甫、雍陶、杜荀鶴，等等等等，都寫過類似的念頭，何解呢？我想，這不外乎是一種情緒的投射，投射一種恐懼，怕功業未成，更怕生命太短。

說到生命價值，不得不提到法國哲學家帕斯卡。有一個說法是這樣的：法國哲學數百年來的發展大概就是兩路，一以笛卡兒—伏爾泰—孔德為主的結構主義，二是帕斯卡—盧梭—帕格森—沙特為主的存在主義。

帕斯卡在生時，未必知道自己只有三十多歲的人生，也不一定預見到他的智慧啟示了以後無數人的觀點，但他確實知道自己生命的尊嚴與價值，他寫道：「人只不過是一根蘆葦，是自然界最脆弱的東西，但他是一根有思想的蘆葦。」

人是脆弱的，我們沒有厚實的毛皮，也沒有利爪獠牙，但帕斯卡認為，人的厲害，在於人可以明白自己死亡的命運。我們明白，所以害怕，又因為害怕，所以思考，思考應以怎樣的方式去活得更好。

「我們人類的全部尊嚴就在於思想。」帕斯卡如是說。每當我讀到古人寫下感慨人生苦短的詩詞，不免想到：或許他們在世時，終於也沒有做到想要的功業，但我正在朗讀他們的文字，這證明了他們的名聲流傳至今，也會繼續流傳下去，連同他們的生命尊嚴。

動力

少年心事當拏雲

有說，人生不會一帆風順。我想，一帆風順，也未必是圓滿的人生。人生有起有落，自然不過，而人生的真正挑戰，在於身在順境時如何應付突如其來的危機，又可以在逆境時成功鼓勵自己，逆流而上。

自我鼓勵，有不少方法，但至少可以分兩大類：正面與負面。

正面鼓勵的示範，可見於唐代李賀〈致酒行〉一詩。當時，他相當落魄，自我振作寫道：「我有迷魂招不得，雄雞一聲天下白。少年心事當拏雲，誰念幽寒坐嗚呃。」意思是：「我有迷失的魂魄，無法招回，雄雞一叫，天下大亮。少年人應當有凌雲壯志，誰會憐惜困頓獨處又唉聲嘆氣呢？」

李賀可以寫出如此詩句，證明他的迷失也算不上極端嚴重，至少他發覺到自己的迷失，而迷失也尚未摧毀他的壯志。他自我鼓勵的力量，來自於自信，自信於自我實現將有益於自己、社會，以至天下。

這樣的自覺與自信，將個人與世界連結起來，於是有了強大的自我鼓勵力量。這與存在主義者沙特的主張異曲同工。沙特認為，人類以自由去選擇怎樣的行為，而每一個選擇同時為自己與世界負起了責任。

從此，一個人的決定，不只影響自己，更會影響到全人類。人的個人選擇，也是一種社會參與，正因如此，我們不應該妄自菲薄，以為自己做不了什麼大事、成功事，因為我們選擇的存在方式，也是我們參與全人類的存在方式之一部分。

「我的個人選擇，影響了全人類的存在？除非我是沙特吧！」這是我初讀沙特時的想法，但隨著年月，我又慢慢認同：每一個人的選擇，出於自由，同時產生責任，為了自己，也為了世界。所以，我才會跟自己打氣：我必須努力做好每一個選擇。

或許有人不認同沙特的說法，也未必有如李賀一般的凌雲壯志。然而，負面的想法，有時也可以達到成功的自我鼓勵：既然我不是什麼人，那我還需要擔憂什麼呢？古希臘犬儒主義者第歐根尼（Diogenes）如是說。

清心

以食淡為二陳

你有沒有發現身邊總有幾位素食主義者呢？近年，素食文化慢慢受到大眾接受，哪怕本身不是素食的人也逐漸理解素食者的生活選擇，而非只顧好事地質問「吃素肉豈不是齋口不齋心」、「全世界食肉，哪牧場要怎麼辦」云云。

但，綜觀飲食史，我們又不難發覺素食主義長期處於文化邊緣的事實。舉例，法國理性主義哲學家笛卡兒便認為，動物缺乏理性、語言，也沒有像人類一般的靈魂，故此吃動物「不是對動物殘忍，而是對人類的遷就，因為這樣想就可以為人類吃肉或殺生的罪行開脫」。

對於如此奇怪的邏輯，英國哲學家邊沁反駁：「問題不在於牠們能不能理性推理或說話，而是牠們活該受苦嗎？」

當然，我們必須明白邊沁的論點，並不單純針對人類的動物觀，而是延伸至有關種族主義的討論，他寫道：「法國人明白，黑皮膚不構成一個人被否定的理由，而後者還無法向任性的施虐者討回公道。也許某一天我們會了解，腳的數量多少、毛髮顏色深淺或尾巴退化與否，都不足以構成一個生命體被遺棄的理由。」

邊沁的說法一度被視為激進，但隨著文明的推進，他的論點慢慢影響了主流的論述。今時今日，素食主義者也不會輕易宣稱自己完全沒有殺生，因為我們都知道農耕也涉及殺生，有研究便指出，機械化耕作與農藥的使用每年殺了約七十三億動物。

於是，作為一名雜食者，我對於素食的反思，依然落在其核心的關懷：這是有關思考別的生命、環境、寡欲的生活態度，而非純粹理性地計算與約束。這讓我想起明代思想家呂坤的提醒：「以寡欲為四物，以食淡為二陳，以清心省事為四君子」。

呂坤的說法，也出現在其他不同的文本。「四物」、「二陳」、「四君子」都是中醫名方，而比這些名方更有益的，則寡欲、飲食清淡，以至清除內心的雜念。我想，當代素食者也不會反對，素食的修行可以從這三方面開始。

得失

成功也可以是失敗之母

什麼叫失敗呢？舉例，哲學家尼采的人生算不算失敗呢？在世時，尼采的著作久久未有得到大眾關注，而當他稍稍為人認識時，卻又精神失常。在死後，他那個嫁給了納粹的反猶妹妹伊莉莎白，更扭曲了尼采的形象，將他描述成支持納粹第三帝國的思想家。

但，在今時今日，尼采卻是人人歌頌的哲學家，哪怕沒有多少人真的讀過他的著作，或弄得清楚他的理論，至少也會因為尼采的名字而買上了一兩本書。所以，尼采是成功，還是失敗呢？正如他的名言：「殺不死我的，使我更強大」，而他以自己的傳奇證明了「我」的強大與成功，有時甚至可以超越生命。

在世時沒取得成功，卻難說死後可能成功，那我們豈不是不可能失敗嗎？不是這樣的！我不是在解說那些愚蠢的正向思考，也不是要說什麼失敗乃成功之母的所謂道理。

我想說的是：成功，不靠別人來定義，而是取決於自我的專注。

當專注力消散，那就是失敗的起點。在北宋仁宗慶曆年間，岳州知州滕宗諒得知洞庭湖的船舶常常遭受風浪襲擊之苦，故此決定興工修築偃虹堤。到了完工之時，滕宗諒請人帶書信與地圖給歐陽修，希望他為此新堤寫一篇記文。

在這〈偃虹堤記〉一文，歐陽修以自己與送信人的對答，交代了偃虹堤的狀況，並且寫下了以下一句話：「事不患於不成，而患於易壞。蓋作者未始不欲其久存，而繼者常至於殆廢。」

這句話的意思是：不擔心事情做不成功，而應該擔心事情容易衰敗，興建的人一開始時總想把事情做得長久牢固，但是後繼的人卻經常將其荒廢。的確，一時的成功不代表永恆，若然我們做不好持續的專汴與努力，成功也可以是失敗之母，而多大的成功，也就換來多大的失敗。

又說，人家新堤建成，一時的成功也應該得到一時的讚美，歐陽修的感嘆雖然發人深省，但也實在有點掃興。

掛念

人生聚散靡常

腦袋是自己的，但不見得我們總能夠好好控制腦袋，有時它硬要閃出一首歌、一個片段、一個故事來，你想阻攔也阻不住。這陣子，腦袋便閃出了一個我連書名也忘記了的故事。

那是一本繪本童書，講述一隻小狗的故事。小狗無家可歸，終於找到了一個寄養家庭，但這個家的人都不太理會牠，牠便去了第二個家庭。在第二個家庭，小狗表現雀躍，但家裡的人又覺得牠太雀躍、太活潑，於是牠便去了第三個家庭。

在第三個家庭，小狗沒有什麼期望，只是隨心地生活。豈知牠的一吠一行（哪怕是沾滿泥巴的手弄髒了主人）都成為了主人們的快樂泉源。後來，小狗不小心撞倒了垃圾桶，怕主人責怪牠，竟然離家出走逃到遠方，害得主人夫妻倆四處找牠，也證明了對牠的愛。

為什麼會想起這故事呢？我也不知道，但腦袋也閃出了一句話，出自明代詩人楊寓〈遊東山記〉一文：「嗚呼！人生聚散靡常，異時或望千里之外」。

人與人的聚合離散變動不定，時間過去，彼此可能已隔十萬百千里。當人事全非，未免又會想起曾經相遇的人。或許，小狗安樂地生活在第三個寄養家庭，也會想起沒時間陪伴牠的第一個主人，或嫌牠太好動的第二個主人，又或是這些主人都在想念牠。

想到這裡，又閃出了一件憾事。話說數十年前，我曾經短期寄宿在倫敦的一個英國人家庭。我得到了他們用心的照顧，甚至在我遇到歧視時，保護了我。那時，我是一個脆弱的小孩，獨個兒在外，人生路不熟，感恩遇到了他們。

那是未有互聯網，更遑論智能手機、即時通訊的年代，而我，又竟然在回港的途中或事後，弄丟了他們的通訊地址。

要找一個人，怎可能找不到？我也這樣想過，但就真的是找不著（我甚至懷疑過自己是否真的在那家庭住過的記憶）。我明白「人生聚散靡常」，但有時，依然想念，想念離別了的人，不知道他們現在怎樣呢？

羞恥

與生俱來的罪惡感

愧疚或羞恥，是人類文明的雙刃劍，這些感受一方面教人自我管束與進步，另一方面又會叫我們產生許許多多負面情緒。古希臘哲學家亞里士多德曾經對羞恥下了定義，即「害怕自己變得聲名狼藉」。在此，「害怕」是關鍵詞。

當代哲學家羅伯特·索羅門（Robert Solomon）認同亞里士多德的說法，進一步提出：無論愧疚與羞恥，這些情緒都帶有「自我譴責」的成分，而當中的害怕涉及三個部分，分別是「衡量自己」、「考慮別人加諸的批評」，以及「對當前情況的評估」。

於是，我們可能會因為午餐食得太多而沒有忠於節食計劃而感到自責；又可能因為開會時說了一句愚蠢的評語，怕他人記在心上而感到羞恥；也可能覺得自己的一個錯誤造成了婚姻破裂而愧疚。面對如此種種的自責與害怕，我們應該怎樣處理呢？

在《東坡志林》這本筆記裡，蘇軾寫道：「吾無過人者，但平生所為，未嘗有不可對人言者耳。」這裡的「吾」指向當時去世不久的司馬光，說司馬光曾經說過自己並沒有什麼比別人卓越的地方，但生平所做的事，從來沒有一件是不能夠對人說出口的。

這是傳統的智慧，認為只要我們言行一致，以思考規範行為而不心存僥倖，便可以免於犯錯，也可免於害怕錯誤公諸於世的愧疚與羞恥。但，這又會否再次（甚至提早）落入了索羅門所言的自我譴責三部曲呢？

德國存在主義神學家保羅・田立克（Paul Tillich）便認為，哪怕我們已經盡力做到最好，凡事思前想後，但也無可避免會陷入一種「與生俱來的罪惡感」（existential guilt），這是因為我們意識到自己本應有無限的潛能，而在現實裡，我們卻總是遇上力有不逮的時刻。這沒有實現「完美自我」的落差，往往造成自我譴責，及其而來的罪惡感。

因此，請不要害怕因自我譴責而來罪惡感！那是無可避免的，相反，我們可以讚賞自己可以覺察到愧疚與羞恥，這證明了我們的謙卑，以及繼續想進步的勇氣。

堅強

知識是排除擔憂的力量嗎？

人類是容易擔憂的動物。祖先們擔憂在草原上行走時，隨時有野獸來襲；農夫在勤奮耕種時，擔憂天有不測之風雲；上班族擔憂辦公室的講是講非，也擔憂表現未達上司的預期。

未來與未知，使人擔憂，而自古以來，就有不少道理，教導我們不要擔憂。舉例，古希臘哲學家伊比鳩魯指出，未來之所以會帶來擔憂，主因是人太重視利害得失。

伊比鳩魯認為，只要人們遠離繁囂的社會，擺脫利害得失的計算，在沒有多餘私物的簡樸生活中自給自足，只要「一點水，一片麵包」便能獲得無憂無慮的內心平靜。

但，如此低慾望的生活，豈不令人類無法進步。文藝復興後期的英國哲學家培根，也有類似的疑問。培根相信「知識就是力量」，而這力量，包括助人排除擔憂。

培根認為，人有三種，一種像螞蟻囤糧，只會把收集到的東西搬回巢裡，然後原封不動；第二種像蜘蛛結網，每天自己顧自己，閉門造車；第三種人像蜜蜂釀蜜，到外面的世界採了花蜜，經過轉化，創造蜂蜜。

培根鼓勵我們成為像蜜蜂釀蜜的人，收集世界的事實與經驗，運用自身的邏輯與能力，將資料轉化成知識，以知識明白世界的法則，於是預測未來的軌跡，而不再因無知而擔憂。

如此這般的知識論，無疑支持了理性與科學的發展。因此，農夫可以知道天氣預報、經濟學者可以預見經濟周期，但同時，我們都知道，知識只助我們掌握部分的未來，正如唐人白居易寫道：「天可度，地可量，唯有人心不可防。」

在未有現代科學的天文觀念時，白居易已經想像到，知識終會助人丈量到天與地，但他同時懷疑：人的心思難以猜測。未來的多變，不單在天，也在人，人的複雜共同創造了社會的未來，而共構的未來又有許許多多的未知數。

所以，知識可以排除擔憂嗎？不知道，但有了知識，至少讓人多一點信心去面對未來，這大概錯不了。

執著是非

對錯有難明於一時

從前，有一群盲者來到國王面前。國王命他們去觸摸大象，每個人便去摸大象的不同部位，有人摸頭，有人摸牙，其他的各自摸大象的大腿、尾巴、肚子等等。之後，國王叫他們描述大象長什麼模樣，而每一位盲者都說出不一樣的答案，說大象像鍋子、犁頭、旗竿、枕頭、掃把等等。他們各執一詞，最後大打出手，看得國王大笑起來。

我們都知道這就是「瞎子摸象」的寓言，但未必所有人都知道這出自佛教古籍《自說經》，而更少人想到的是：這則故事除了提醒人們不要太過主觀以偏概全，還指出了關於如何面對「對錯」的思考。

國王取笑瞎子摸象，認為他們的描述是錯，但盲者摸到象牙而說像是掃把，這真的算是「錯」嗎？國王自以為比盲者看得見更多，覺得自己能夠見到大象的全貌，但置於故事外的我們，不是又看見了國王的盲點嗎？

其實，國王跟盲者一樣，都是主觀的。耆那教提出「非絕對」（anekāntavāda）的概念，正是指出真象與事實非常複雜，有著多樣的再現，而沒有任何一個觀點可以充分闡述完整的、單一的真實。然而，當每一個人都從自己的主觀看世界，豈不總要陷入像瞎子摸象一般各執一詞的場面嗎？

或許，歐陽修在〈濮議序〉寫下的一句智慧，可以幫到我們。他寫道：「事固有難明於一時，而有待於後世者」，意思是有些事情本來就很難在短時間內讓人明白，需要等待後來的人去闡明。

站在當下，人與人之間未必能夠一時半刻達成一致的意見，但當時間夠了，意見的分歧可能慢慢淡去。在此，我們不是在爭論誰對誰錯，而是討論如何在或對或錯的處境下好好穩定自身情緒的方法。

這又回到瞎子摸象的故事。這麼長的時間以來，大家都只說到盲者的一知半解，卻少有說到國王的存心不良。近年，不少人批判瞎子摸象的描述，有損害失明人士形象的問題，這大概是說故事的人也無法預見的另一個真實。

推搪以孝陳情

若然上司指派你去執行一個你不願意做的任務，你會有什麼對策呢？裝病？擋得一時，擋不了一世；動之以情？那便要看是什麼樣的情，而在大部分情況之下，上司與下屬的情義都經不起太多考驗；理性溝通？這或許真是一個方法，條件是：如果你與上司之間真的有溝通，而且更是有理性的話。

有一篇古文〈陳情表〉，便記錄了西晉文學家李密如何成功婉拒晉武帝的一次工作任命。話說，李密本是三國蜀漢犍為郡武陽人，蜀漢後主時為尚書郎，蜀亡以後，晉武帝徵他為太子洗馬，即太子的近侍。但，李密不願意去當這個官，於是上表陳情。

李密從「生孩六月，慈父見背，行年四歲，舅奪母志」說起，說自己從小不幸，出生六個月喪父，四歲時母親被舅父所迫而改嫁，幸得祖母劉氏可憐他孤苦弱小，親自撫養他成人。

李密大概怕武帝看不出祖母有多辛勞、自己有多可憐，更強調自己「九歲不行，零丁孤苦，至於成立」，即九歲還不會走路，孤單困苦，直到成人。那跟去當官有什麼關係呢？

原來，李密與祖母形影相伴，互相照顧，但祖母大病在身，「常在牀蓐。臣侍湯藥，未曾廢離」，他便走不開去做太子洗馬了。搬了家人與親情出來，就可以推掉上司，甚至是最高指令的差使嗎？當然不是。

接下來，李密寫道，「伏惟聖朝以孝治天下，凡在故老，猶蒙矜育，況臣孤苦，特為尤甚」。換言之，李密搬出的不是與他相依為命的家人，而是搬出了當朝「以孝治天下」的價值原則出來，說自己的推卻，實在是與這孝道一致。

既然晉以孝治國，武帝又怎能責怪李密的以孝為先的陳情呢？最後，武帝更加聲稱深受感動，賜了奴婢二人予李密，又令地方供其祖母所需，以成全李密的孝心。

又說，大家千萬不要捉錯用神，隨便搬出親人來擋上司的命令，要知道你的公司可不是以孝道來治理的。

敏感

多病多愁心自知

自古以來，文人多愁善感，但又因此寫成了不少好作品。例如，唐人白居易感嘆自己尚未年老，卻病痛纏身，以致人未老髮先衰，於是寫了〈嘆髮落〉一首好詩：「多病多愁心自知，行年未老髮先衰。隨梳落去何須惜，不落終須變作絲。」

我想，多愁善感的人，不都是文人，但文人的多愁善感，又特別難於處理，理由是文人的語言能力相對好，我們難以說服他們，而文人的敏感程度又比較高，我們難以開解他們。那麼，我們只好以文人之力，解文人之憂。

十六世紀法國哲學家蒙田是一個以散文書寫哲學的文人。啟蒙時代的思想家，大多受到了他的文字影響，也有說他是啟蒙運動的先驅之一。

蒙田的「悲觀」，在於他的懷疑論，他告誡世人：「不要相信有什麼絕對正確的東西」。但，蒙田的「樂觀」，也在於他在懷疑之中抱有的理性：因為沒有絕對正確，所以凡事都可以從正反兩面思考，也因此，人要謙卑地對待世界，持續地以理性來自我懷疑：「我知道什麼？」（Que sais-je?）

自我懷疑，如何解憂？其實，悲觀的憂愁，常常來自於不必要的敏感與自負。我們敏感於身體或處境的變化而憂煩，我們自負認為待遇對不上自我價值，又或感到別人不跟隨自己的意見而生氣。這些負面情緒，來自於我們認定了某一個想像是事實的全部。在此，蒙田提醒我們，既然凡事沒有絕對，何來敏感、自負與執著於某個單一的詮釋呢？

我們不需要否認自己逐漸年老的事實，這是生理上的必然現象，只是我們不必要認定年老等同衰弱、等同一種合乎多愁善感的狀態。年老，可以是身份的轉換，讓人從照顧者變成被照顧者的角色，而人是可以享受被照顧的；年老，也可以是生命目的之轉換，讓人從行動者變成思想者，又或經驗的分享者。

有了這樣的認知，每一次望到鏡中的自己白髮越來越多，我都跟自己說：請期待一頭白髮的品味。

無力感

無盡，又何來無力？

生活有各種各樣的無力感：注意健康，卻得了病症；努力工作，卻被裁員；與人為善，卻被人在背後說三道四；趕時間，卻剛好遇不到的士；需要資訊時，手機網絡卻不給力；準備出門，卻找不到鎖匙……

令我們感到無力的事可以有千萬種，但歸根究底，無力感的本質是什麼呢？古羅馬斯多葛主義哲學家愛比克泰德舉例說：「有位歌手在家中唱歌時毫不焦慮，卻在登上舞台後緊張不安。即便他的聲音出色，演出也有高水準」，但他就是不能自拔地焦躁起來，失落於站在舞台上的無力感。為什麼？這是因為「他不只想唱得好，還想博得滿堂彩，而這超出了他的控制範圍」。

人類的痛苦往往來自於無可掌控的事情，無可掌控有時基於誤判自己的控制範圍，但多半來自於事物不斷變化的本質。無力，源於失控，也源於我們誤以為自己有能力去控制某事某物。我們何以化解這源於世事無常的無力感呢？蘇軾的覺悟可以給我們一些指引。

北宋神宗元豐年間，蘇軾被貶到黃州。某夜，他與客人泛舟賞月，一邊欣賞江水之美，一邊悲怨生命有限而世事無常。蘇子曰：「客亦知夫水與月乎？逝者如斯，而未嘗往也；盈虛者如彼，而卒莫消長也。」然而，哪怕水會奔逝，月有圓缺，人又可否換一個角度來接受這樣的變化呢？

蘇軾說道：「蓋將自其變者而觀之，則天地曾不能以一瞬；自其不變者而觀之，則物與我皆無盡也。」換言之，要是從事物變化的角度來看，天地萬物的確不曾有一瞬間的永恆，但要是從事物不變的角度來看，萬物與我本是無窮。

江水恆流，明月依舊，變的只是表象，而本體又何嘗有變呢？蘇軾提醒我們，以這超然的角度看人間，一切都是恆久而無窮。人不擁有什麼也不可能失去什麼，我們沒什麼可以控制，也沒什麼可以失去，同時就沒有恐懼、沒有失落、沒有無力的可能。

渺小

小石的意義

視角與聚焦，主導了我們面對人生的情感強度。當我們聚焦得太緊，只將目光放在當前眼底的肚臍洞上，哪怕像等不到巴士一般雞毛蒜皮的事，都會牽動、干擾情感，令人容易焦慮、失控。

相反，當我們將視角放得太遠，以上帝視角觀看無邊無際的宇宙，人生又會變得太微不足道，令人失去了生命的活力，彷彿生命隨時灰飛煙滅，也談不上有什麼價值。

「無限的時間與空間對照出人類的有限。」德國哲學家叔本華寫道：「這就是『存在的虛無』。人們搞不懂，經過數萬年後突然存在於地球；再經過數萬年後，也許又不復存在。」

這個「搞不懂」的虛無，啟發了法國存在主義哲學家，也是諾貝爾文學獎得主的阿爾貝・卡繆（Albert Camus），寫下了一個人們理解不了宇宙與生命關係的描述，那是「彷彿人在玻璃隔板對面講電話，你聽不到他說什麼，但你可以看到他比手畫腳不知道在幹嘛。你好奇他為什麼活著。」

我們，既是那玻璃隔板外的人，又是那比手畫腳的人。面對宇宙的無限，我們可以如何理解渺小的生命呢？或許，早於一千多年前，唐代文人柳宗元已給我們留下了線索。

在〈小石城山記〉一文，柳宗元寫到他在路上遇見奇山異石，見到「其上為睥睨、梁欐之形，其旁出堡塢，有若門焉」。他繞著堡塢走了上去，看見長著好看的樹與竹，細看之下，更發現它們種得或疏或密、或俯或仰，像是有智慧的人悉心布置。

於是，他想到自己「疑造物者之有無久矣」，又問：如果有造物者，祂為什麼會把如此奇山異石安排在荒涼無人之地呢？

這是一次哲學的叩問，而答案正正幫助我們思考「宇宙無限而人卻渺小」的問題。宇宙有了無數的小石城山，卻在柳宗元眼內，成了不可多得的奇山異石。換言之，小石城山的意義，不在其本身，而是人賦予的。

只要人有了尋見意義的視角，也就找到了活著的理由，無懼於宇宙的大，或小。

虛心

不要忘記自己是一隻牛虻

學問來自好奇，而好奇，則來自於自覺的無知，也就是所謂「蘇格拉底式的無知」（Socratic ignorance）。

古希臘哲學家蘇格拉底認為，無知不是無法避免的，但要將無知轉化成真理與智慧，那必須要先認清楚自己一無所知，並以批判的眼光審視自己「知道」與「不知道」的事。那就是「從夢中甦醒」的一刻，也是「知識德行」（epistemic virtue）的開端。

當蘇格拉底從夢中醒覺，便成為了一名提問者，也就是當時雅典人所討厭的一隻出了名的「牛虻」。這牛虻整天煩擾他人、質疑他人，但同時從這些質疑之中，探索學問，也得到了一些知識。於是，牛虻也就成為了老師。

蘇格拉底從牛虻成為老師的故事，是我對自己作為老師身份的一個提醒，提醒我：老師是一名有自知之明的提問者，是一名喚起他人好奇的牛虻，而不是拒絕聆聽、自命不凡的權威。

唐代文學家韓愈便在名篇〈師說〉寫道：「孔子曰：『三人行，則必有我師。』是故弟子不必不如師，師不必賢於弟子；聞道有先後，術業有專攻，如是而已。」

韓愈引用孔子的話，指出「聖人無常師」的說法，並談到學生不一定不如老師，老師也不一定比學生還要賢能，因為理解知識或真理可早可晚，而學術與修業也是各人各有專長。

無論是蘇格拉底，還是孔子，以至韓愈，都相信教育之重要，而〈師說〉一篇，既勉勵學子，又提醒老師，記得不恥下問，虛心學習，新進後輩可以超越前輩，而資深前輩也應積極培育後學新人，教學相長。

其實，「聞道有先後」，除了知識與真理，還有禮貌。每當我到訪不同中學主講，眼見台下學生專心投入，反而全場最大的噪音來自老師之間的聊天時，我便會想起韓愈的教導，也會想當下說一說蘇格拉底的故事。

想起自己是一隻牛虻，那更有了自省：我的演說既然只吸引到學生，卻無法提起老師的興趣，實在是我的不足。

朝不保夕

什麼時候退休？

你有想過自己要什麼時候退休嗎？一般人說六十退休，現代人身體健康，不少人工作到六十有多都未言退休。近年，更有人提出「彈性退休」的概念，意思是不要等到人生的晚年才一次過退休，而可以考慮將數十年的退休時間分配到不同的生命階段，於是二十多歲的第一次退休時還可以有健壯的身體去玩極限運動、四十多歲退休時可以換一個居住地云云。

不同的退休方案，自有不同的利弊，但美國哲學家大衛・路易斯（David Lewis）提醒我們，退休的想像肯定了人類的一種獨特的生命概念，即「人類是跨越時間而活在四度空間」。

什麼是跨時間，又什麼是四度空間呢？大家不用被貌似深奧的學術詞語嚇到。其實，路易斯的概念很簡單。首先，人固然是活在當下有長、寬、高的物理空間，而他認為，當我們有了退休的意識與準備，這證明了現在的我們，也同時活著於時間線上的未來。

如果我的解說也沒有令你聽得明白路易斯的說話，那麼，還是到你退休時，我們再找時間討論這個概念好了。說起退休，其實，古人又是什麼時候退休的呢？

古人的退休，主要指涉官員階層的上班族。他們的退休，稱為「致仕」，也有「請老」、「告老」、「懸車」、「告歸」、「乞身」、「致政」等說法，例如《禮記．王制》寫道：「五十而爵，六十不親學，七十致政。」

但，七十退休，也不是必然的。明太祖朱元璋便曾「令文武官六十以上者皆聽致仕」，而到了清朝，退休年齡又有了例外：三品以上的官員，只要身體許可，可以工作到七十歲之後，如李鴻章便一直工作到七十九歲。

有說，世界上第一個退休金政策出現於一八八〇年的德國，而事實上，清朝的官員也有退休金。舉例，除了勒令致仕的官員（即強制退休者），一般到了年齡限制而退休的都享有半俸，而三品以上的官員更可以有全俸呢！

報恩

哀哀父母

成長裡，有不少教我們孝順父母的提醒，例如父親節、母親節、二十四孝、童謠兒歌，等等等等。有說，這證明了孝順父母是道德教化的文明，又有說，孝順父母應該出自於人性的本能。若然我說，孝順父母是「文明的本能」，這又是否可以說得明白呢？

早於先秦時期，人們便在詩作中透露珍惜父母的感情。舉例，《詩經．小雅．蓼莪》寫道：「蓼蓼者莪，匪莪伊蒿，哀哀父母，生我劬勞！蓼蓼者莪，匪莪依蔚，哀哀父母，生我劬瘁！」說到作者回想起父母為了生養自己而受盡了辛勞，不禁悲從中來。想起父母的恩，何以悲呢？悲在父母去世了，作者再沒有盡孝的機會，故此沉痛備極。清代學者方玉潤評此詩，曰：「此詩為千古孝思絕作，盡人能識。」

因為養育恩情，所以孝順父母。這樣聽來，沒有什麼問題，更是道德教化的邏輯，卻有人疑問：這是否一種亞當・斯密（Adam Smith）式的思考，彷彿孝順也是一種交易呢？

或許，我們可以了解一下十八世紀法國哲學家蘇菲・德・格羅奇（Sophie de Grouchy）的觀點。她認為，人類從呱呱落地起，「注定要緊密依賴他人」，而我們從而知道「自己能夠活著，應該歸功於他人」，例如父母。

這豈不是回到「因為養育恩情，所以孝順父母」的因果嗎？且慢。德・格羅奇的意思是：當我們明白到自己的存活與周遭他人有關，人便建立了「連結和依附」的概念，以及有了「同情」的心理，同情於他人給予的愛，也同情於他人經驗的苦。

換句話說，我們不是因為得到了父母的好處所以孝順，而是因為父母的養育，產生了愛，愛讓我們與父母同情同感，我們同感於父母對我們的照顧，於是產生了想要照顧父母的情。

我喜歡德．格羅奇的觀點，因為這樣的立場，可以幫助我們了解到「因為養育恩情，所以孝順父母」不是功利的計算，而是情與愛的邏輯，也是人類的根本，故我稱之謂「文明的本能」。

童真

品格的學習

我經常說到，對人生真正重要的課堂，絕大部分都在上幼稚園時學習過一次，例如禮貌、守時、善良、誠實、規矩、忍讓、感恩，等等等等，而如果非得為這些課堂配上一個主題，那就是「品格的學習」。

為什麼品格的學習，先於其他課題的學習，而成為了學前教育的主軸呢？或許，這意味著品格學習，比語言、算術、推理更為重要，因為品格是一個人的本質，也很大程度上定性了人的行為，而另一個原因，可能是品格學習，最好從習慣著手，而習慣的形成，最好從小做起。

亞里士多德說道：「品性雖非與生俱來，卻與天性不相衝突。我們生來就有潛力發展良好的品性，不過得透過習慣加以培養。」品格的學習是虛的，難以具體說明，但習慣的培訓卻是實的，可以一步一步慢慢養成。

習慣跟人主動打招呼，我們養成禮貌的品格；習慣早十五分鐘到達目的地，我們養成守時的品格；習慣將心比己地運用同理心，我們養成善良的品格；習慣憑良心說真心話，我們養成誠實的品格。諸如此類，我們透過不同的好習慣，養成良好的品格。

我喜歡亞里士多德如此對於品格與習慣的理解，因為這告訴我們，品格雖然受到天生性格的影響，但人始終可以靠著後天的努力去改變之。人可以選擇成為善良的人，正如休謨說道：「若你深信，品行端正的人生值得追求，也有足夠的決心催促自己成長，那麼你勢必能夠看到自己的蛻變。」

但，為什麼我們從小學習養成良好的品格，卻不是每個人都品行端正地成長呢？或許，大人世界的名利、慾望、自私，太過誘惑，以至於物慾世界的成人禮，又提供了另一套形成壞習慣的過程。

每當想到這些，我又會想起一首相傳是北宋詩人黃庭堅童年時寫的〈牧童〉詩：「騎牛遠遠過前村，短笛橫吹隔隴聞。多少長安名利客，機關用盡不如君。」童真，實在是品格學習的根本。

虛榮

說話不要太多典故

在文藝座談，不時見到年輕學子踴躍發言，他們侃侃而談，每字每句多方用典，旁徵博引，前一句什麼什麼主義，後一句這個那個理論。見狀，我都會心一笑，像看見從前的自己。

年輕，就是有想告訴別人自己讀了多少書的衝動。有次，一位老師跟我說：「用典，切忌貪心。這是貪慕學術詞彙的虛榮。」我受教，銘記於心。

初唐四傑之一的王勃，在年輕時寫了著名的〈滕王閣序〉，在我讀來，也有貪慕用典虛榮之嫌。（雖說年輕，也有分歧，唐末王定保於《唐摭言》說王勃當時年僅十四，但又有考究說他已經二十五歲。）

〈滕王閣序〉，全名〈秋日登洪府滕王閣餞別序〉說明了此文的由來。上元二年（六七五年），王勃於重九日隨父路經洪州。剛巧，洪州牧閻伯嶼重修了滕王閣，於閣上大宴賓客，餞別新任新州刺史宇文氏一行。席上，閻公請眾賓客為滕王閣作序，皆辭謝，惟獨王勃一人提筆。

王勃先寫滕王閣的所在地，地靈人傑，引東漢「徐孺下陳蕃之榻」的典故；接著，他寫到此宴會的緣由、登閣俯眺所見的景色，以及宴會的歌舞美酒，寫道：「睢園綠竹，氣凌彭澤之樽；鄴水朱華，光照臨川之筆」，短短兩句，引用了漢文帝次子梁孝王在睢園築東苑植竹、彭澤令陶淵明的酒興，以至曹丕在鄴宮種的朱華，即荷花。

之後，王勃從景色寫到宇宙，又寫到人世無常，繼續處處用典。馮唐、李廣、賈誼、梁鴻、孟嘗、阮籍、謝玄、孔鯉、鍾子期、王羲之等等一一登場。我們讀著讀著，不免讚嘆王勃的確有才，飽讀詩書，但又會想：不用這麼賣弄吧？

那麼，閻公讀來又是怎樣呢？正當王勃提筆大作，閻公隨即大怒退席！原來，閻公邀眾人寫序，只是假意，他早已命女婿吳子章備好序文以示文才，豈料殺出了這一個不知天高地厚的王勃。

閻公之後回席、極歡，乃後話。年輕學子，除了讀書，還要學會讀人。

喪慟

舊事填膺，思之淒梗

哲學家的理性，在很多時候幫忙了我們排解疑惑，以至看見現象背後的真象，但有時，那一份純粹而高濃度的理性，又未免有點不近人情，甚至冷血。例如，應對親朋好友過世的理性反應。

我們都曾聽過「莊子妻死，惠子吊之，莊子則方箕踞鼓盆而歌」的故事，我們固然明白莊子看透生死而樂觀面對喪慟的道埋，但我反覆思量，還是覺得「妻死即鼓盆而歌」是奇怪的，再不然，那就是他們夫妻關係肯定有些問題。

如果莊子的死別反應是奇怪，那麼，古羅馬斯多葛主義哲學家塞內卡的反應則是叫人皺眉。塞內卡說，面對親友的喪亡，「雖然不該無動於衷，但也不應以淚洗面」，理由何在？他續說，那是因為「我們試圖藉由眼淚來證明自己有多傷心。其實，內心的傷痛不一定會外顯出來，有時我們只是在展現這種情緒。」

當然，塞內卡的意思是教我們不要過於悲傷，更不要無病呻吟，但稍一不慎，這番話聽來便像抹煞了我們真心喪慟的冷血言論。其實，喪慟是可以的，也是必須的，只是除了痛哭，我們可以找其他方法去抒發這樣的情感，例如將回憶寫下來。

清代文人袁枚曾為比他少四歲的三妹袁機寫了一篇祭文，名為〈祭妹文〉，文中寫到他與袁機從小一起讀書、一起玩耍的兒時趣事，他高中進士衣錦還鄉時袁機的欣喜若狂，以及他要遠行省親，而袁機哭著從後方拉著他衣裳依依不捨的動人回憶。

袁枚寫道：「舊事填膺，思之淒梗，如影歷歷，逼取便逝。」當往事堆積，情感堵塞於胸臆，與故人的回憶卻像影子一般既清晰又無法捕捉，那我們可以怎麼辦呢？我們可以像袁枚一樣，像這些昔日的影子一個一個寫下來，使它們不至於在記憶中褪色。

離別是傷感的，與其以所謂的理性壓抑，我們可以嘗試以回憶與書寫記住我們珍惜的人。這一份連結，乃是生離死別也沒有辦法從我們心中拿走的。

焦慮

名聲是浮華且虛假的貨幣

你有沒有發過明星夢？明星，不一定是歌手，也可以是藝術家、運動員、生意人，以至各式各類的傑出人士，而他們的共通點是，明星，都十分注重名聲。

在《詩經．大雅．抑》，有一位長者勸勉一眾年輕諸侯，希望他們待人謙遜，謹言慎行，他說道：「白圭之玷，尚可磨也。斯言之玷，不可為也。」也就是說，「白玉上的污點，還可以把它給磨掉，但人要是講錯了什麼，一切都無法改變」。

正正因為人認為「斯言之玷，不可為也」，所以當上注重名聲的人，特別小心，怕一言一行稍一不慎，名聲盡毀。這本是一種合理的制衡，令得到了人群支持的人受到名聲的約束，但問題是，當這樣的約束成為了一種不合比例的焦慮，那就成為了拋不開的包袱。

哲學家塞內卡說道：「不必羨慕那些鼎鼎大名的人物，他們付出了自己的生活，才換來那些精神上的錦繡華服。」而更重要的是，不要以為只有國際知名的大人物才稱得上「鼎鼎大名」。

明星，有不同級別，我們有社會裡的明星、公司總部裡的明星、分行裡的明星、部門裡的明星，以至茶水間的明星。總之，只要有人群，不論大小，都可以成就出明星，而他也就有了未必能夠承受的名聲焦慮。

人可以如何解除名聲焦慮呢？最根本的方法，就是認清一個事實：名聲，來自外在；

能力，來自內在。名聲與能力，都可以給我們帶來自信，但分別在於前者受制於他人、時勢、命運，而後者才是我們可以透過學習、訓練、自主而獲得的實力。

因此，奧理略才會恥笑沉醉於名聲的人，他說：「你是不是被自己的聲譽纏著不放？瞧，世間萬物多麼快被遺忘。無底的時間漩渦將吞噬一切，在掌聲過後，什麼也沒留下。渴求讚美的人，不但心胸狹窄，想法也恣意善變。」

如果奧理略的提醒太冗長，不妨記住蒙田簡單的一句話：「名聲是最無用、浮華且虛假的貨幣。」

短暫的瘋狂

憤怒是一時的

你憤怒時的樣子是怎樣的？在一世紀時，斯多葛派哲學家塞內卡著有《論憤怒》一書，描述人憤怒時，雙眼發出怒火、臉紅耳赤、嘴唇顫抖、肌肉擴張，而憤怒乃是「所有情緒之中最可怕且最狂熱的」，是一種「短暫的瘋狂」。

塞內卡認為，憤怒可以將文明的人類，一刻間變成類似野獸的存在，但我又想：如果一個人文明地憤怒，他又會是怎樣的呢？

魏末晉初，有七位名士並列「竹林七賢」，當中包括嵇康與山濤。嵇康性情孤高，只想與山水為伍，彈琴賦詩，豈料有天收到消息，說好友山濤（字巨源）竟然推薦他入朝為官，他一怒之下，便寫了一封〈與山巨源絕交書〉。

在絕交書中，嵇康寫道：「夫人之相知，貴識其天性，因而濟之」，也就是說，人與人的交往貴乎了解彼此天生的本性，進而協助對方依循本性發展。言下之意，他怪責好友山濤明明知道他「剛腸疾惡，輕肆直言，遇事便發」的性格不宜當官，卻要強迫他到官場去。

接著，嵇康為了說明「人之相知，貴識其天性」，便列舉了一個又一個的例子：夏禹即位後，沒有強迫隱居山林的伯成子高做官，以保其高節；春秋時，孔子知道學生子夏生性吝嗇，不跟他借車蓋，以防暴露其缺點；東漢末年，諸葛亮不忍徐庶左右為難，夾於劉備與曹操之間，便不迫他入蜀；三國魏文帝的相國華歆也不勉強同窗管寧作卿相。

嵇康的確憤怒了，否則實在用不上一連串例子來說明同一個道理。這就像一些情侶間的吵架，每次吵架都是連珠爆發列舉事件，分別在於一般人列舉的是對方的錯事、往事，而嵇康的「文明」，在於他即使罵人，還是一邊罵，一邊援引歷史上的聖賢名人。

無論如何，憤怒是一時的，短暫的瘋狂過後，嵇康還是十分珍惜和信任山濤這位好友。根據《晉書．山濤傳》記載，嵇康臨終前，便對兒子嵇紹說道：「巨源在，汝不孤矣。」

無憂無慮

寧靜，全因不在乎

寧靜是一種物理狀態，更是主觀的心境。於是，我們可以在嘈吵的茶樓裡跟朋友聊天，可以在人來人往的快餐店內溫習功課，更可以在充滿強勁節拍的健身房裡一邊跑步一邊思考。

外界可以充斥噪音，但聲音是否入耳入心，則是個人的選擇。陶淵明在〈飲酒〉詩二十首之五，便寫道：「結廬在人境，而無車馬喧。問君何能爾，心遠地自偏。」

即使我們把屋子建於人群眾居之地，也可以一點也沒有受到車聲馬聲喧囂聲的影響。這是如何做到的呢？陶淵明的答案是：當心遠離了塵俗，自自然然就會覺得居住的地方僻靜，寧靜致遠。但，我們可以如何教心思遠離塵俗呢？

這讓我想起英國小說家大衛．勞倫斯（D.H. Lawrence）曾經回憶：在一個炎熱的午後，他坐在西班牙某處的一個陽台，以閒適愉快的心情，享受無所事事的時光。他放眼望去，看到兩個男人正在割草，刷刷刷刷，響起了鐮刀來回揮動的聲音。然後，他又看到隔壁陽台上有兩個女子，她們高談闊論時事，打破了勞倫斯的寧靜。

勞倫斯感嘆：「她們在乎！她們簡直被憂慮給吞噬了。她們忙著關心⋯⋯以致於根本不知道自己身在何處。」勞倫斯將這段回憶記在一篇名為〈不在乎〉的散文。

人之所以能夠無憂無慮，在於是否學會「不在乎」的智慧。當不在乎多少年歲前必須結婚生子，我們便享有感情路上的寧靜；當不在乎名利金錢，我們便容易享受到工作的純粹與滿足；當不在乎他人對自己的評頭品足，我們便免於八卦謠言之苦。

當我們學懂了「不在乎」，自然可以「心遠地自偏」，但無論是陶淵明，還是勞倫斯，兩位好像都沒有教導我們如何做到「不在乎」。我的愚見是，當我們找到了自己最在乎的人或事或物，自然可以慢慢放下其餘那些不必在乎的東西。

又說，那兩名女子何以打破了勞倫斯的寧靜？只怪勞倫斯太在乎她們。

猶豫不決

慎思，還是拖延？

心思細密，還是優柔寡斷，有時候，只是一線之差。有些人謹慎非常，例如你，凡事思前想後才去行動，為的是要達到令人滿意的成果，但有更多的人，例如我，傾向以謹慎為由，卻是搖擺不定、猶豫不決，乃百分之百的拖延者。

有趣的是，不少哲學家都不介意，甚至認同如此這般有拖延意識的「慎思」（deliberation）。亞里士多德說：「當事情發展得不明朗，或當前情況模糊不清時，我們才會慎思」，而他認為這是出於人性的美好傾向：一，人想要做出十全十美的決定；二，人想確定未來的方向。

然而，世界上哪有這麼多的「十全十美」呢？如果凡事都追求完美，而在未想到完美方案前都不肯起步的話，人好可能可以原地踏步一輩子。當說到人總想確定未來的方向，這更是不合邏輯，未來就是未知，人又怎可以確定未知呢？

當明白到有些人的所謂慎思，好可能只是拖延，我們心裡大概也會產生一種理解或同情，但當我們知道有些人的慎思，只是出於舉棋不定的性格，或不敢正視現實的懦弱，這就容易叫人生氣或無奈。

在〈送李愿歸盤谷序〉一文，唐代文人韓愈借準備退隱山林的朋友李愿之口，說到自己討厭一種「足將進而趑趄，口將言而囁嚅」的人，意思是這些人總是腳剛要跨進一步卻又遲疑不決，不敢往前走，而嘴巴剛要開口說話卻又支支吾吾，不敢把話說出來。

這些人在原地徘徊，自己不去進步，又阻礙了同行者的路，實在叫人氣憤。那麼，我們應該如何修養自我，而不要成為「足將進而趑趄，口將言而囁嚅」的人呢？

或許，我們可以參考英國哲學家兼諾貝爾文學獎得主貝蘭德．羅素（Bertrand Russell）的建議，他說：「面對艱難或令人不安的抉擇，準備好所有相關的資訊，通盤思考後，就做出決定。除非出現新的資訊，否則下定決心後就不要後悔。猶豫不決，讓人筋疲力盡，更是無濟於事。」

悲觀

李白的負面觀想法

我們活在一個不容許我們悲觀的世界。在書店裡，我們見到各式各樣所謂正向心理學的流行書籍；在公司裡，人事部的訓練員提醒我們必須「帶著微笑迎接挑戰」；甚至在朋友之間，當我們有焦慮不安時，他們也會說：不要不開心啦！

為什麼「不要不開心」呢？因為他們明白，悲觀的想法有時只是杞人憂天，主動將沒有發生的事情轉化為恐懼，以帶著這一份悲觀的恐懼工作、生活，不但事倍功半，更是有損身心。但問題是：悲觀，豈是說一說就會消失呢？

於是，有不少哲學家都在處理「悲觀」（事實上，哲學家都傾向悲觀），其中最有名的大概是斯多葛派，他們嘗試將悲觀化成能力，提出了「負面觀想法」（premeditatio malorum），即刻意地想像自己去經歷可悲的事情，如坐牢、被虐、遇到打劫或船難。從此，斯多葛派學到，悲劇總會發生，但總在意料之內，既可以預習，又可以用平和的心態去面對。

在《悲觀之用》（*The Uses of Pessimism*）一書，英國哲學家羅傑・斯克魯頓（Roger Scruton）說道，悲觀主義的「重點在於，不要說服自己一切都會很美好，未來總有出乎意料的變化，應以客觀的視角去評估實際的情況，並學著與悲觀的看法和平共處。」

說到「與悲觀的看法和平共處」，我們不免想起了許許多多的文人，例如李白。在〈春夜宴桃李園序〉，李白寫道：「夫天地者，萬物之逆旅也；光陰者，百代之過客也。而浮生若夢，為歡幾何？」意思是宇宙乃一切物類暫時居住的旅店，而時間是古往今來的旅人，人生虛浮無定，如幻夢一場，歡樂的日子又能有多少呢？

李白的悲觀視角，直指存在與時空的本質，可算是終極的悲觀，而從這樣的「負面觀想法」，李白也悟出了終極的道理：及時行樂，活在當下。但我又想，當時李白正在與家族堂弟們在桃李盛開的花園設宴飲樂，杯觥交錯之際，竟然說到了「浮生若夢」，也未免有點掃興。

想找榜樣

為什麼我們不能這樣？

韓愈是一名令我有不少反思的古文家。例如，當我讀他的名篇〈原道〉，見他褒儒道貶佛老，窮追猛打，卻失了方寸，明明有理，但迷失在爭辯證之時，我便想他是我的警惕。但，當我讀「五原」的另一名篇〈原毀〉時，我又覺得，他還是有值得我學習、跟從的處世之道。

在〈原毀〉，韓愈借古代君子的模樣來批評當時的所謂君子。他寫道：「今之君子則不然。其責人也詳，其待己也廉。詳，故人難於為善；廉，故自取也少。」

換言之，所謂的君子已不像從前，他們只要求別人，卻對自己疏略。別人被要求、規範得多，難以行事或善，而這些所謂君子對自己疏略，也難成什麼好事、善事。

相反，「古之君子，其責己也重以周，其待人也輕以約」。那麼，古之君子如何對待自己嚴格周詳，而又待別人寬容簡約呢？

先談如何待人以寬。韓愈說，古人往往以「他能夠這樣……那已經很不錯」的句式來評價別人。這樣的方式正面將重點放在「別人已經做了的對事、好事」而不是他的缺點、失誤，「取其一，不責其二」。

那如何律己以嚴呢？其實，韓愈不是強調嚴格的規律，而是要我們時刻反省：以古人的模範來反省自己。

韓愈寫道，君子想念從前的仁義之人，如舜與周公，並研習他們何以成為聖人。於是，君子會責問自己：「彼人也，予人也。彼能是，而我乃不能是。」君子對自己的嚴謹，在於多留意自己的不是：「不如舜，不如周公，吾之病也」。既然舜是人，周公也是人，他們能夠這樣，為什麼我們卻做不到呢？

透過這樣的「早夜以思」，我們可以「去其不如舜者，就其如舜者」、「去其不如周公者，就其如周公者」，改掉了不像聖人的處事行為，並一直追求下去。

當然，韓愈以聖人為榜樣的學習法，其形式可取，但不必取其內容。韓愈褒儒，以舜與周公為聖人，時移世易，我們也可以按照自己的價值觀去指定心目中的「聖人」，再加以學習。

意志薄弱

蘇軾的預先承諾策略

「我是一個沒有意志力的人。」這是我常常掛在口邊的。

我如此強調意志力之缺乏，在於提醒自己不要相信意志力的幻象，以為可以靠所謂的意志力或強大的心靈去壓制慾望，或實踐各種自制行為。

不相信意志力的人，除了我，還有英國日常語言哲學牛津學派的代表人物吉爾伯特·萊爾（Gilbert Ryle）。萊爾認為，心靈與意志力都是不清不楚的概念，容易令人將正在努力的過程誤以為是目標。他寫道：「意志不堅定的人容易分心或灰心，老是在找藉口說服自己下次再做，也找不到有力的理由去督促自己行動。」

你可能會疑問：難道連自制力也是一堂哲學課嗎？是的，因為「人沒有自制」這行為聽起來不太理性。我們明明應該少喝一點酒，卻轉頭又再乾一杯；我們信誓旦旦說要減肥，卻跟自己說「下一餐才節食」；我們害怕工作堆積如山，但一直拖延。

在柏拉圖的〈普羅塔哥拉篇〉，蘇格拉底已經對於人們沒有自制力而不解，他指出：「既然你知道或相信另一種做法更好，那便應該會中止當前的做法。」但，我們沒有，我們會給自己藉口繼續喝、繼續食、繼續拖延。

蘇格拉底不能明白這樣的行為，大概因為他懂得哲學，卻不太懂心理學。人是理性的動物，但也受制於強烈的心理。因此，心理學家認為，與其以虛幻的意志力或自制力來管埋自己，更理性與有效的方法是為自己設立「預先承諾策略」（precommitment strategy）。

換言之，你要事先給你想實踐的目標或行為，立下規範。這種規範，可以有形，例如扔掉家中的藏酒，同時也可以無形，例如確立一些原則。假如你不懂得為自己創造原則，那你也可以參考別人的。

舉例，若然你要自制的是貪念，不妨牢記蘇軾在〈前赤壁賦〉的這一句：「且夫天地之間，物各有主，苟非吾之所有，雖一毫而莫取。」假若那不是你的東西，不要有非分之想，即便是一毫那麼微小也不要拿取。沒有第一個一毫，便不會想要有以後的無窮，這就是規範。

遇到新知

樂莫樂兮新相知

戰國楚人屈原在詩集《九歌》寫了一篇〈少司命〉。誰是少司命呢？

傳說，少司命是掌管人的命運之神，屈原寫道：「秋蘭兮青青，綠葉兮紫莖。滿堂兮美人，忽獨與余兮目成。入不言兮出不辭，乘回風兮載雲旗。悲莫悲兮生別離，樂莫樂兮新相知。」

詩句描述楚人祭神之時，少司命降臨祭壇，一名女子見少司命無視滿堂美人，唯獨與自己四目交投，於是感到「樂莫樂兮新相知」，即感到快樂之最，莫過於新結交一位知心友。

知心友，可遇不可求，我想，只要認識到新朋友，足以教人快樂。在《尼各馬科倫理學》（*Nicomachean Ethics*）一書，亞里士多德便說，朋友乃是幸福（eudaimonia）生活必不可缺的元素，而我們有三類朋友。

第一類是「有用的朋友」。驟耳聽來，這好像是功利的說法，彷彿朋友是可以利用的，或只是一種功能。然而，亞里士多德想指出的是，有一些朋友是在特定處境而出現的。當處境猶在，朋友便「有用」，當那處境消失，這些「有用的朋友」也會散去。

舉例，當你去學打羽毛球，你在班上會認識一些新朋友，你們一同學習、訓練，乃彼此「有用的朋友」，而你們在相處時也是真心相待，但若然有天，你不再打羽毛球了，這「有用的」朋友圈便會慢慢消散。

第二類友誼是「愉快的朋友」。我們與「愉快的朋友」相處，會得到自自然然的快樂，而這一種自然，建基於生活習慣或行為模式的契合。因此，當年紀漸長，或生活模式改變了，我們跟「愉快的朋友」也會有散有聚。

亞里士多德認為，我們要追求第三類朋友，即「美好的朋友」。「美好的朋友」是有批判思考的，他們會提醒我們的不是，也會鼓勵我們更有勇氣地前行，同時，「美好的朋友」不會洩密，又會在我們傷心時懂得靜靜地陪伴。

話說回來，屈原筆下的女子，居然感到與命運之神交朋友？命運之神，實屬哪一類的朋友呢？

感恩
才有梅花便不同

「我沒有什麼大煩惱，但又不覺得自己過得很快樂，我可以怎樣做呢？」每當聽到類似的疑問，我除了會多一些了解發問者的背景、成長之外，也會常常提議對方試一試寫感恩日記。

寫感恩日記，聽起來像流行勵志書的廉價手法，卻是有心理學支持的好工具。美國加州大學河濱分校心理學教授索妮亞．柳波莫斯基（Sonja Lyubomirsky）是探討「快樂人生」的專家，她肯定了「人有透過練習使自己更快樂的能力」，而其中一個練習就是寫感恩日記。

臨睡前，仔細回想一天的經歷，記下若干我們覺得幸運、開心、驚喜的事，例如某個同事主動打招呼、在超市付款時不用排隊、回家時看到家人清潔乾淨的碗碟等等。從這般的小事，到像妹妹生了一個健康寶寶的大樂事，全都可以寫在感恩日記。柳波莫斯基寫道，感激的定義就是「細數自己的幸運」，而它是「一種驚奇、心懷謝意和欣賞」的正面感覺。

柳波莫斯基指出，感激的行為可以抵消心理學上的「享樂適應」效應，即當你慢慢習慣於生活裡的美好事物，習以為常，那麼美好事物所帶給你的快樂便會越來越少。

練習感恩，是為了重新看見生活中的美好。我們感到自己過得不怎麼樣，不一定是生活裡沒有美好的人和事，好可能只是我們習慣了、適應了，也就忽視了。姑且用上一句比較學術的語言，「感激的首要價值，在於將心懷感謝者的良好感覺最大化」。

當我們有了這樣有關感恩日常的認知，再重讀一次南宋文人杜耒〈寒夜〉一詩，更有一番體會，他寫道：「寒夜客來茶當酒，竹爐湯沸火初紅。尋常一樣窗前月，才有梅花便不同。」

在一個冬天的夜晚，有客到訪，卻沒有酒，這可以是叫人不快的事，但對於一個懂得感恩日常的人，卻看見了有茶當酒的美好，感恩於可以生火煮茶，更身在一個暖和的家。於是，月光依然像平常一樣照於窗前，感恩的人卻留意到那幾枝梅花，點綴了一晚的風光。

福氣

與父母的家常飯

在成長的過程，其中的一個大課是如何與父母相處。列夫．托爾斯泰（Lev Nikolayevich Tolstoy）在《安娜．卡列尼娜》（*Anna Karenina*）寫道：「幸福的家庭都是相似的，不幸的家庭各有各的不幸」，但我又想：哪怕是幸福的家庭，父母子女之間的相處，還是各家各有不同。

舉例，有些子女特別善於與父母溝通，像我親愛的妹妹。哪怕她出嫁了，還是可以每天跟父母保持聯繫，在手機群組上閒話家常、互傳照片、不斷重複每天一樣的問候，更會主動打電話給兩老。

但，也有些子女不太習慣與父母頻密溝通，像我。我與手機的疏離，實在不是針對父母的，我本身就是不太接來電，也不多看群組訊息的人，所以當我留意到父母與妹妹的對話記錄，往往已經是兩三小時之後的事……

當然，這都是我的藉口，也是我衷心感激有一個好妹妹的理由。正因為我有這樣的缺陷，我與妹妹有了共識：每星期至少要回老家與父母聚餐一次。

食飯，是一家人相處的重中之重，而聚餐時，吃什麼樣的食物更是一門學問。曾幾何時，每一次當我因工作的緣故，或朋友的介紹而認識到一間有趣的新餐廳，我都會帶父母再一次光顧。

我父母的口味非常狹窄，父親喜歡美式厚底薄餅，母親喜歡粵菜，但他們的心還是開放。就算是吃一頓他們不習慣的印度、土耳其，或希臘菜，他們還是會說：「應該要試一試的，那可以跟朋友說這些是多難食！」

後來，父親行動不便，一家人出門吃飯的次數少了。同時，也可能因為我又大了一點，總是掛念母親煮的菜，也終於體會到南宋江萬里所寫：「且說家懷舊話，教學也曾菽水，親意盡欣欣。只此是真樂」，於是我們多了在家吃母親煮的家常飯。

與父母敘舊家常，即使粗茶淡飯，也是真切的樂事，只是有時不免怕母親太過勞碌，更怕父親對母親煮的餸菜指指點點，「現在，你們母親煮雞，煮到好老」。所謂「現在」，重複說了二十多年。

煩惱

人間本無事

我有時會想，笛卡兒大概也是一個典型的自尋煩惱者。我們回想一下，笛卡兒是怎樣想到「我思故我在」這命題呢？

笛卡兒懷疑自己的感官經驗是假的，所以也懷疑從感官而來的知識是假的，他進一步懷疑感官以外的信念也遭到惡魔干擾，於是又懷疑自我的信念，直至他覺悟：我不能懷疑「懷疑」的存在，因為當我懷疑「懷疑」，懷疑便存在了。

笛卡兒的推論，固然比我說的複雜很多，但我想說的是，或許「我煩惱故我在」也是有道理的。一名自尋煩惱者的怪邏輯是：我今天有什麼要煩惱呢？我沒有煩惱嗎？那麼，我便要為自己的零煩惱而煩惱了，我是不夠上進心嗎？還是我忽略了什麼細節……

我知道這樣的邏輯，因為我也是一名自尋煩惱者，而每當我要開始自尋煩惱的怪圈時，我都會以羅素的思考來提醒自己。這位英國哲學家寫道：「在許多情況下，我們之所以腦袋停不下去，一直在煩惱，是因為找不到相應的處理辦法。」

那麼，如果我們真的沒想到辦法去解決令我們煩惱的事呢？羅素認為：「不妨認真仔細地想想，最糟的情況會是如何。想好這可怕的情況後，再想出幾個實際的理由，告訴自己如此駭人的災難不大可能發生。」但，如果我還是在煩惱呢？

羅素的終極教導是「從宇宙的角度來看，再糟糕的事都如微塵一般」。然而，我又煩惱：這豈不是太超脫、太離地嗎？想到這裡，我還是抄寫一下白居易的〈日長〉一詩好了：

日長晝加餐，夜短朝餘睡。春來寢食間，雖老猶有味。
林塘得芳景，園麴生幽致。愛水多棹舟，惜花不掃地。
幸無眼下病，且向樽前醉。身外何足言，人間本無事。

人大了，少病痛，每日溫飽，且能安眠，更見滿庭幽致春色，這實在應該教人拋下無謂的執著，抱有知足之心，讓自己明白人世間本來就沒有什麼大事。但，我是因為這樣的道理而忘記煩惱嗎？非也，只是抄寫詩句，可以解憂。

溺愛

育兒比哲學更難

在社交群組看到了一段短片，內容大概是這樣：在巴士上，一名年輕男子的座位不斷從後被踢，他回頭一看，原來坐了一對母子，母親三十多歲，兒子大概五六歲。男子向這名年輕母親說道：「請你管教一下你的兒子，請他不要踢椅背好嗎？」

聽到如此禮貌的請求，母親卻回答：「好動是小孩的天性，我沒辦法，也不可以阻止他。」這匪夷所思的回應所引起的非議，不必多談，我反而關心：一名母親是如何有了這般的歪理呢？

這是出於母愛嗎？可能是，卻是一種向著自我中心扭曲的愛，而真正愛的只是自我。亞里士多德曾說：「父母愛子如愛己，子女就是自己的一部分」。這就是所謂「二重自我」，孩子是自我的擴展。

個體，可能受制於社化而壓制自私，但當父母有了以愛之名，便可以堅定將「二重自我」視為宇宙的中心。哪怕是侵犯了他人的利益，只要是對孩子有益，父母都可以自以為理直氣壯地去實行。其實，那聲稱為了孩子，更是放肆了自我。

這放縱二重自我的行為，最終會造成什麼樣的後果呢？這讓我想起柳宗元的名篇〈種樹郭橐駝傳〉。柳宗元寫到，有一位善於種樹的農夫，他的種樹之道是「順木之天，以致其性」，即順應樹木生長的天性，讓它按照自身的習性發展。那豈不是放任自流嗎？非也，因為這農夫同時強調要照顧好樹苗的根，以及根所在的土。

換句話說，我們要明白樹苗的天性、特質、強弱，好以提供適當的土壤，並在這前提下，讓其自由發揮，不宜照顧太多而成為「直升機父母」，否則「雖曰愛之，其實害之；雖曰憂之，其實仇之」。

既要放任，又要管教，既要順應其天性發揮，又切忌過分溺愛。為人父母，真難！這比起紙上談兵的育兒思考困難太多了，怪不得一眾大師級哲學家都沒有子女，隨便舉例：霍布斯、休謨、康德、叔本華、齊克果、尼采、沙特、波娃、維根斯坦、阿多諾……

感傷

蘭亭裡的薩烏達德

東晉永和九年三月初，書法家王羲之邀請了多位文人雅士與自家子弟，齊聚於會稽山陰的蘭亭。當天，參與這場盛會的有謝安、孫綽、支遁、王凝之、王徽之、王獻之等共四十餘人，史稱「蘭亭集會」。

眾人坐在曲水之旁，各抒己懷，飲酒賦詩，而王羲之也寫成了〈蘭亭集序〉。原本，王羲之與眾人一起享受山水春色，沉醉於大自然的麗日暖風，故言「遊目騁懷，足以極視聽之娛，信可樂也」。

然而，王羲之心念一轉，突然想到曾經歷的美事、樂事，轉眼間便成為過去的事情，隨即感傷起來，寫道：「向之所欣，俯仰之間，已為陳跡，猶不能不以之興懷」。

每當讀到這裡，我總會想：有沒有一個妥當的情緒詞彙，可以準確描述王羲之如此的感觸呢？這既不是懷鄉，也不是單純的憂鬱。後來，我終於找到了這一個詞彙——薩烏達德。

薩烏達德（saudade）不是一個人名，而是葡萄牙語的一個情緒詞彙，表達了一種因失去了關心或喜愛的某事或某人而產生的複雜情感，這情感既有渴望又有憂傷，既指向過去的美好又涉及當下的渴求。

據說，葡萄牙人於十三世紀慢慢體會到「薩烏達德」（當時的拼寫是 soidade），而那正是地理大發現的時代。一艘又一艘的船舶，載運船員從里斯本的港口揚帆而去前往充滿未知的目的地，而留在原地的親人只好眺望海平線，渴望船員的返航。

當時，吟遊詩人唱起了這一份感傷，開始唱到「薩烏達德」一詞以表達思念遠去的人，又留戀昔日的快樂。在一九一二年，奧博力・貝爾（Aubrey Bell）在《在葡萄牙》（*In Portugal*）一書則寫道：

著名的詞語「薩烏達德」在葡萄牙語中是對於不存在或曾經存在的事物的一種模糊的和持續不斷的願望，對過去或未來都不一定存在的事物，但並不是對於現狀的不滿或強烈的痛苦悲傷，而更像是在懶散做白日夢。

若我們懷著薩烏達德的心情來重讀〈蘭亭集序〉，這會否帶來不一樣的讀後感呢？

感嘆大自然

抬頭，看天，看雲！

十七世紀時，荷蘭理性主義哲學家巴魯赫・斯賓諾莎（Baruch Spinoza）聲稱：「上帝即自然。」這說法固然引起了一定的爭議，也令斯賓諾莎被貼上無神論者的標籤，但可以肯定的是，斯賓諾莎的說法指向了一個重點：人、自然、靈性，三者之間的緊密聯繫。

人與自然的關係錯綜複雜。人既在自然之內，又在自然之外。更準確一點來說，人既在生態的自然之內，又在概念上的自然之外。當人在自然之外時，我們可能是控制自然、管理自然，又或破壞自然的一方，但同時，我們也可以是欣賞自然、書寫自然，甚至是感受自然之靈性的觀察者。

或許你會問：在如此繁忙的都市生活裡，要接觸大自然已非易事，更何況要欣賞自然至感受到其靈性的程度呢？說易不易，說難也不太難，重點還是心態的轉換。如果要欣賞自然，最簡單直接的方法是：抬頭，看天，看雲！

時常看天看雲，是一個不錯的習慣（我認識的一位脊醫告訴我，這有助於改善長期低頭玩手機所致的烏龜頸問題！）。看天看雲，除了是伸展運動，更可以是有益於思緒，讓腦袋天馬行空的時刻。

韓愈著有四篇〈雜說〉，均為富有感性的雜文。在第一篇〈雜說〉，韓愈寫到他看雲時的無限想像：「龍噓氣成雲，雲固弗靈於龍也。然龍乘是氣，茫洋窮乎玄間，薄日月，伏光景，感震電，神變化，水下土，汩陵谷：雲亦靈怪矣哉！」

韓愈看雲，卻想到龍，又想到龍吐氣成雲，也就令雲有一種變化多端的靈氣，既無所不在，迫近日月，又可以遮蔽陽光，觸動雷電。當然，以今天的科學觀念看來，韓愈的說法都是沒有常識的胡說。

但，我在其中讀到的，卻是自然如何觸發韓愈腦筋的靈動、聯想，以至創作的力量。我們可以想像到，當時的韓愈想必是抬頭望天，看見了雲，感受到雲的美與靈，才會想到這美之背後是否有靈物如龍。這大概就是大自然賦予人之創造力。

想說服人

世上竟有如此神兵

人類是社會動物，合作是生活之必要，而如何說服他人跟自己合作，便成為了一種學問。《古文觀止》收錄了唐代神童詩人駱賓王寫的〈為徐敬業討武曌檄〉一文，大可以教我們思考說服人的智慧。

檄，是一種對外發布的官方文書，多用於軍旅，若是急件，則加插羽毛，稱之羽檄。〈為徐敬業討武曌檄〉就是駱賓王起草來叫各地將領加入徐敬業之列去討伐武則天的文書。那麼，駱賓王嘗試怎樣說服大家呢？

首先，駱賓王寫武氏淫亂王室、弒逆君王、心性狠毒。他寫道：「武氏者，性非和順」，「近狎邪僻，殘害忠良。殺姊屠兄，弒君鴆母」。反正就是大壞蛋，「人神之所同嫉，天地之所不容」。

之後，駱賓王大讚徐敬業，先說他出身正當（有別於武氏的「地實寒微」），乃「敬業皇唐舊臣，公侯冢子。奉先君之成業，荷本朝之厚恩」，再寫他胸懷大義，「氣憤風雲，志安社稷」。

駱賓王以武氏之天地不容，對比徐敬業之志安社稷，好以合理討伐之舉，乃是「爰舉義旗，以清妖孽」。除了講義，還動之以情，說先帝的墳土還未乾，幼弱遺孤正在等待大家的救助，「言猶在耳，忠豈忘心」；除了動情，更談及利，說到事成之後，「凡諸爵賞，同指山河」，封爵行賞，人人有份。

駱賓王以義、情、利，試圖說服諸公幫忙，結果呢？討伐事敗，駱賓王不知所終，一說被斬，一說出家，總之不知所終。

本來，以價值觀來說服他人是一個好策略，正如戴爾・卡內基（Dale Carnegie）在《人性的弱點》（*How to Win Friends and Influence People*）寫道：「你要影響別人而使人同意於你，規則是：使對方以為這是他的意念」。既然義、情、利都合乎對方的意念，何以事敗？

或許，敗在駱賓王的修辭太好，說話太誇張，過猶不及。駱賓王說徐敬業的義軍，「班聲動而北風起，劍氣沖而南斗平。喑嗚則山岳崩頹，叱吒則風雲變色」。世上竟有如此神兵？加入其中，豈不成了笨賊。

勤奮

努力上班去

在多勞多得的現代化城市，試問有哪個人不用準時上班，又不用加班呢？無論是你，是我，是老闆，還是員工，按時工作、超時勞動，彷彿都是常態，但這是從什麼時候開始的呢？

有說，從前大家生活在農業社會，自食其力，日出而作日入而息，準時上班的概念沒有這麼嚴謹，而假期的考慮也不是每星期多少日，而是按天氣季節的變化而定，直至工業革命的來臨，時薪制成為了工作制式，時鐘、更表、打卡便變得至關重要。

到了二十世紀之交，社會學家麥斯．韋伯（Max Weber）又說，人們資本主義式地努力工作，源於基督新教讓人神聖化了工作的職責，並以反享樂主義，甚至清教主義的形式累積資本。加爾文主義者（Calvinist）更相信，人們只有努力工作和專心勞動才能得到救贖。

但，我對於以上說法的準確程度，還是有點疑問，這樣的懷疑可以先從「上班」一詞說起。所謂「班」，起初的意思是排列，上班是指古人上朝，排成不同隊列，分成文班、武班。那麼，古人的上班時間又是怎樣的呢？

古人上班時間，想當然是各朝不同。《詩經．雞鳴》說到周朝的官員，「雞既鳴矣，朝既盈矣」，即在公雞打鳴時，他們已經到達朝堂上站好；後來，到了明朝，《官箴集要》寫道，官吏衙役「每日侵晨於上畫卯，至暮畫酉」，即打卡也，而卯時是早上五至七時，酉時是晚上五至七時，可想而知，他們大概也要一天工作十二小時。

所以，「努力上班」的概念，確實早早出現了，這或許是跨文化、跨信仰的文明現象。在此，我想起了宋朝歐陽修在〈集禧謝雨〉一詩寫道：「十里長街五鼓催，泥深雨急馬行遲。臥聽竹屋蕭蕭響，卻憶滁州睡足時。」也就是說，當他踩著泥濘冒雨上班之時，不由得懷念那可以睡到自然醒的日子。

「努力上班，又想爬回床上」大概也是跨文化、跨信仰的文明現象。

意識融化

非自主記憶

在意識流小說巨著《追憶似水年華》（*À la recherche du temps perdu*），馬塞爾・普魯斯特（Marcel Proust）寫了一個著名的段落：當他一邊喝茶，一邊品嚐瑪德琳小蛋糕時，突然「其他的意識狀態融化消失了」，彷彿人回到了過去，吃同樣的蛋糕，喝同樣的茶。

普魯斯特寫道：「我先前看到瑪德琳小蛋糕，並未想到任何事情，直到品嚐了蛋糕，才回憶起這些。」這段情節成為了日後探討所謂「非自主記憶」（involuntary memories）的經典引文。

非自主記憶，隨時隨地出現。當巴士駛過一個不起眼的路牌，我們可能會想起中學時候的往事；當在路上聞到一陣似曾熟悉的洗髮水味，我們想起了一個夏天；當打開書架上的一本書，掉下了一張變白了的收據，我們又可能想起某個身影。

事實上，古人作詩作詞作文，也記下了不少非自主記憶的時刻，而有趣的是，促發古人非自主記憶的引子，往往離不開數件事物。

舉例，流水。南北宋之交的文人陳與義，在〈臨江仙．夜登小閣憶洛中舊遊〉寫道：「長溝流月去無聲。杏花疏影裡，吹笛到天明。」當他看見月下流水，便想起了杏花的影子，又想起了與友人於杏花的疏影裡，一同吹奏笛子直到天亮。

除了落花流水明月秋葉等等自然之物，古人也會因為一些人造之物而勾起非自主記憶。杜甫的祖父杜審言，寫了〈和晉陵陸丞早春遊望〉一詩：

獨有宦遊人，偏驚物候新。
雲霞出海曙，梅柳渡江春。
淑氣催黃鳥，晴光轉綠蘋。
忽聞歌古調，歸思欲霑巾。

最後一句「忽聞歌古調，歸思欲霑巾」，正正是說，當詩人突然收到了寄來的一份高雅古樸的詩作，便勾起了家鄉的回憶，而淚水隨即沾濕了衣巾。

當然，萬物之中，最能夠勾起古人非自主記憶的東西，想必是酒！所謂「濁酒一杯家萬里」，但究竟范仲淹是喝下了酒才想家，還是因為想家才去喝酒呢？有時候，人就是會存心而主動地去勾起非自主記憶，這情況在遭遇分手時，尤其嚴重。

滿足

閒居非吾志

安居無事，自在生活，固然是一種幸福，但學會享受工作，同樣是一種幸福。

我曾經跟隨一位前輩工作，而我懷疑，他的一天是超過二十四小時，又或他可能是機械人。他可以在深夜回覆電郵，然後一大早出席早餐會議，接下來還要教學、上電台、看展覽、看演出，而他的著作與研究依然定期出版。他是如何辦到的呢？

有說，工作的本質是自我實現，而人類因勞動、創作與生產出來的東西而意識到自己、正視自己，並且與他人連結。因此，工作的原始意義是人充分發揮自己的能力，而工作也就是一件非常崇高的活動。我想，這就是前輩的工作觀。

前輩的工作，滿足了他的志向，以及他認為自己可以貢獻給社會，幫助到他人的價值目的。所以，學會享受工作是一種幸福，但前提是：找到一份與你志向一致的工作。

找到志向，不易，找到一份與志向相符的工作，可以更難。話說，三國時期，當曹植準備離開京都洛陽，前往封地鄄城之前寫的一首詩，詩中明志：「閒居非吾志，甘心赴國憂」，表明安居無事的日子，並非他的心志，他情願奔赴戰場，為國解憂。

想安居無事而被迫工作是苦，想立下功業卻被投閒置散也是苦，兩者都是志向與工作不一致。曹植在詩中委婉地向兄長魏文帝曹丕表明他有意馳騁疆場，遠征孫吳，寧可戰死沙場，也不願在封地安逸度日之志向。

可惜，到了最後，曹植還是沒有得到曹丕的批准，終究沒有機會上戰場，而他的報國宏願也未能實現。於是我們明白到，有時候，自我未能實現，錯不在自我，只是時機。有志向，便去找機會，找不到機會，那只好靜待，不必自責。

話說回來，為什麼我總是忙東忙西，時間表排得滿滿的呢？因為我也找到了一份滿足我志向的工作，而我也終於體會到前輩一天也同樣只有二十四小時，而他也不是機械人，他只是一位享受工作、感恩於工作有益於他人的幸福人士。

厭倦

如果休謨遇上陶淵明

十八世紀蘇格蘭哲學家大衛・休謨的人生遇過幾次轉折，其中一個發生在他的父親過世之後。休謨的父親是一名律師，在世時供給了休謨不錯的教學與生活，而在死後卻沒有留下太多家產給這個養尊處優的兒子。

當時，休謨驚覺自己的處境，放下了要成為文學家的夢想，決定去找一份踏踏實實的工作。一七三四年，休謨到布里斯托從商，不到「幾個月後便發現這種職業完全不適合」他。他寫道：「我下定決心以節儉度過貧困，保持自由之身不受影響，對提升文學才能以外的事物全然不屑一顧。」覺悟後的他寫成了經典作《人性論》（*A Treatise of Human Nature*），以及花了十五年完成《大不列顛史》（*Historie of Great Britaine*）一書乃後話。

休謨在職場花了幾個月覺悟人生，田園詩人陶淵明則花了八十餘天。在東晉安帝義熙元年（四〇五年），陶淵明決意辭去仟職僅兩個多月的彭澤縣令一職，臨行前寫了〈歸去來兮〉以明志。

在〈歸去來兮〉的原文序，陶淵明自稱，當初他出任縣令一職是為了解決飢寒，而歸隱乃因任職的痛苦尤甚於飢寒。「悟已往之不諫，知來者之可追」，過去的就讓它過去了，陶淵明為了未來的安樂自在，決定歸隱。

歸隱之後，一定會快樂嗎？其實，當時的陶淵明也未必肯定，畢竟〈歸去來兮〉寫於臨行之時，是他想像出來的田園美好，但可以肯定的是，他已感到「鳥倦飛而知還」，同時「審容膝之易安」，即覺悟了屋子雖狹小得僅能容納雙膝，卻容易心安。

我想，如果十八世紀的休謨，回到過去遇上東晉時的陶淵明，他們是否會氣味相投而惺惺相惜呢？或許，陶淵明還會告誡他：「既然決定了要平凡生活，就別再去回想那些世俗的職位了！」

如果休謨可以學到陶淵明一般，決定歸隱便不再問世事，那他就可以避開（帶了一點委屈的）另一個人生轉折：在成名後，休謨曾經先後申請兩所蘇格蘭大學的教職，均被拒於門外。

毅力

讀書萬卷始通神

創作力，是先天，還是後天的呢？有人相信，創作是一種天賦，只有天才，方可以創造驚世駭俗的作品，又有人相信，學習是人的最大本能，只要有毅力與訓練，終於可以創造到教人讚嘆的藝術。又說，哪怕是天才級的人物，也重視毅力。

劉禹錫寫道：「童心便有愛書癖，手指今餘把筆痕」；蘇軾亦寫：「退筆如山未足珍，讀書萬卷始通神」；陸游又說：「古人學問無遺力，少壯工夫老始成」；杜甫更直截了當地說出了毅力與創作的關係：「讀書破萬卷，下筆如有神」。

毅力，固之然重要，其好處之多，也不用我多談，我反而想說：我們應如何善用毅力。

自古以來，人們重視毅力，更是迷信了毅力，以為只要人有意志，就有源源不絕的毅力。然而，不少心理學與腦神經學的研究都指出，毅力是有限額的，我們不應過分依賴毅力，以免將其消耗在非重要的事情之上。

以讀書為例，「讀書破萬卷」是重要，但當遇上一本讀不明白的書，我們應否以毅力將它讀完讀懂，之後才去讀其他書呢？

這時候，我又會想到蒙田的語錄，他說：「讀書卡關時，我不會咬牙苦撐。只要再翻開一兩次還是讀不下去，我就會放棄。非要坐下來把書讀完，就是在浪費時間和精力。只有順利踏出第一步，腦袋才能靈活運轉，第一次讀不懂，再撐下去也不會想得透徹。」

我們要有「讀書破萬卷」的毅力，卻非「必讀一本書」的執著。毅力之用得其所，在於將毅力置於遠大的目標，而非執著肚臍眼上的小任務。讀書如是，面對生活大大小小的事情如是。

最後，若然你自命是一名滿有毅力的人，那請留意以下來自叔本華的提醒。固執的他，曾經寫道：「不該把意志力用在抵抗新知識，那叫做固執。」

話說回來，請不要再問我相信天才論，還是毅力論。作為沒有天才的創作人，我也只能願望自己有「下筆如有神」的毅力。

樂天知命

生而不喜，死而不慼

出世與悲觀，有時候很難界定。南朝梁人劉峻曾寫下〈辨命論〉，文中援引不少歷史人物，說明賢人如顏淵、子路等都未能有所善終或善報，而楚穆王、柳下跖等奸險的人作惡多端，卻長壽而終。劉峻想說明的是：人的生死禍福，取決於命定而非人為。

於是，劉峻寫道：「君子居正體道，樂天知命，明其無可奈何，識其不由智力，逝而不召，來而不距，生而不喜，死而不慼」，也就是說，有德行的人遵守正道，樂於順應天意，安於自身的境遇，明白人對天意的無可奈何，理解其不會因人力而有所變，過去的無法重來，到來的無法拒絕，不因活著而欣喜，也不因死去而悲傷。

有人認同劉峻，認為他的道理豁達、出世，但也有人批評此說，指出當中的悲觀意識，甚至犬儒。我想，這認知的落差還是來自於如何註釋「無可奈何」與「樂天知命」。

處之泰然，不等同於無所作為。莊子在〈人間世〉便說：「知其不可奈何而安之若命，德之至也。」換言之，「安之若命」乃是我們領悟到生命的各種無可奈何，且非人力所能抗拒或掌控之時的一種選擇，也是一種德行的主動實踐。

「樂天知命」之說，讓我想到英國科學家詹姆斯．洛夫洛克（James Lovelock）的「蓋亞假說」（Gaia hypothesis）。此說假設「蓋亞」是一名大自然的監管者，按照其原則控制地球的溫度、海水鹽度、氧氣等等來維持生態的整體運作。

在這運作下，不單是你，或我，或任何個人都變得不重要，而是整個人類群體也不重要，因為它只是巨大生態系統中的一顆齒輪，甚至是一顆阻礙了系統好好運作的齒輪。

「蓋亞假說」指出，人類可能會因為生態與氣候的變化而煩惱，甚至視之為「問題」，但對於蓋亞來說，這不過是祂需要管理的日常運作。那麼，這是一種無可奈何嗎？可能吧，但洛夫洛克的假說不會叫停我們去保護環境的意識，卻是教導了我們以「蓋亞」的視角，無私地愛護大自然。這也是我所理解的樂天知命。

窮困

非詩之能窮人

藝術家是否都很窮呢？每隔幾年，坊間便有相關的調查或研究去嘗試解答這問題，如在二〇一七年一項針對一千五百多位英美獨立藝術家的調查便顯示「藝術家未能獲得公平的報酬」。

或許，大家都會斟酌何謂「公平」，那我們還是看一看客觀數字吧！調查指出，在英國，受訪的約八百名藝術家中，百分之八十二表示年收入少於一萬英鎊，即約十萬港元（這比在二〇一三年同類調查的百分之七十二為高），而在美國，百分之七十五的藝術家表示年收入少於一萬美元，即約七萬八千港元，而當中更有百分之五表示「沒有收入」。

根據以上的數字，我們大概得到了一個印象：做藝術，便是窮困。但，真的是這樣嗎？藝術與窮困，是怎樣的一個因果關係呢？這不單是我的疑問，更是早於北宋時期歐陽修的提問。

在〈梅聖俞詩集序〉一文，歐陽修開宗明義地寫道：「予聞世謂詩人，少達而多窮，夫豈然哉！」意思是：大家都說詩人顯達的少，窮困的多，難道真的是這樣嗎？

首先，歐陽修認同了一個事實，即「蓋世所傳詩者，多出於古窮人之辭也」，但為什麼世間流傳的詩，多半出於古代窮困者呢？歐陽修自問自答：「凡士之蘊其所有，而不得施於世者，多喜自放於山巔水涯之外，見蟲魚草木風雲鳥獸之狀類，往往探其奇怪。」

換言之，懷著學問與抱負的人，若未能入世而一展身手，往往縱情山水，欣賞「蟲魚草木風雲鳥獸」，並探求它們奇怪獨到的地方。這些人敏感於外物，又「寫人情之難言」，也就為成為了詩人。

歐陽修的結論是「非詩之能窮人」，而恐怕是窮困的人才能寫出好詩，而且「蓋愈窮而愈工」，處境越窮困，詩寫得越好。

到了今天，歐陽修的觀點彷彿依然成立，換上我們的日常語言來詮釋的話，意思大概是：只有當人夠貼地、夠敏感，才能做到好的藝術。這樣說來，我們更應該謹記：窮困，是做藝術的工具，而不是目的。

憤怒

以拖待變的生活智慧

說到有關憤怒的詩詞，不少人第一時間想起的，好可能是岳飛的〈滿江紅〉：「怒髮沖冠，憑闌處，瀟瀟雨歇。抬望眼，仰天長嘯，壯懷激烈。」詞中寫到岳飛雨後倚闌遠望，想到百姓的水深火熱，按捺不住心中怒火，激憤至極。

以我絕對主觀的非正式統計，總覺得歷代而來的詩詞，寫哀傷的多，寫憤怒的少，箇中理由可能有三個：第一，我錯了；第二，生氣時，比較難寫出好文章，但哀傷時可以；第三，文明不鼓勵憤怒。

文明不鼓勵憤怒，中外皆是，視之為失控、失禮的情緒。《國語》寫道：「險而不懟，怨而不怒」，而自古希臘以來，西方哲學家也正視「憤怒」這主題。亞里士多德認為，人需要以理性馴服憤怒，而這是生活的基本技能。

對於憤怒，亞里士多德的看法相對中性，他認為適度的憤怒，還是有用的，它可以鼓勵我們行動，憤怒的人可以「在合適的時間與情況下，為了合理的目的，針對當事人，以適當的方式表達情緒」。

然而，斯多葛學派卻視憤怒為洪水猛獸，絕不退讓。塞內卡說：「生氣的人會失去獨立的判斷能力，整個人像是自由落體一樣，既不能阻止自己墜落，也無法放慢往下掉的速度。」

塞內卡認為，人不可能像亞里士多德所言一般「以適當的方式」馴服一發不可收拾的憤怒。他的建議是：「斷然拒絕憤怒的挑撥，踩熄它初閃的火花。怒火攻心時，奮力掙扎，絕不舉手投降。」

如果你問我，我傾向認同亞里士多德的看法，還是斯多葛學派的呢？我毫不猶豫站到後者的一方，理由很簡單，因為我實在也是一個易怒的人，總是注視於那「初閃的火花」，而生氣時，身傷心也傷，甚至會生氣自己「為什麼是如此容易生氣的人」。

面對這樣的情況，我會抓住塞內卡的建議：「以拖待變」。生氣時，不急於行動，不急於反應，待壞脾氣慢慢消退、轉化。

窮追猛打

不要非此即彼

我曾經在上文寫到韓愈在〈原道〉褒儒道貶佛老，卻是窮追猛打，失了方寸。在此，讓我詳細一點說明我如此這般的讀後感。

話說，韓愈回顧歷史，指出自「周道衰，孔子沒，火於秦」，即焚書之後，黃老之說流行漢代，佛教則興盛於晉魏梁隋期間。從此，學道的人「不入於老，則入於佛。入於彼，必出於此」。

同時，問題也出現了，因為大家「入者主之，出者奴之；入者附之，出者汙之」。換言之，學道的人不是跟從道教，就是跟從佛教；跟從了那一家，便要離開這一家；跟從了誰，便奉他為主，不跟從誰，便把他看成奴。

接下來，韓愈批判佛老二說如何不利於務實的生活，甚至會造成窮困與竊盜。例如，他質疑道家所說「聖人不死，大盜不止；剖斗折衡，而民不爭」之言，說這只不過是不用心去想的念頭而已。韓愈認為，「如古之無聖人，人之類滅久矣」，因為有聖人，人類才有安居、衣服、器具、買賣、醫藥、音樂、法律云云。

透過陳述聖人之必要，韓愈試圖指出佛老棄絕聖人之荒謬。他寫道，當道家說「為什麼不學上古的簡樸無事呢？」，這就好像責備冬天穿皮衣的人，說他們「為什麼不穿夏天的葛衣省事些呢？」。「夏葛而冬裘，渴飲而飢食」，韓愈認為，佛老之說就像叫飢餓的人去喝水一般的大錯特錯。那麼，韓愈提議我們如何糾正這錯誤呢？

韓愈的結論是「不塞不流，不止不行。人其人，火其書，廬其居，明先王之道以道之」。什麼！不塞堵佛老之說，便不能流傳儒家之道？而且，塞堵的方法竟然是叫僧尼道士還俗、燒掉佛經道書、把寺觀改成住房？

如是這樣，豈不正是他在文中批評「入於彼，必出於此。入者主之，出者奴之。入者附之，出者汙之」嗎？究竟，韓愈是怎樣得到這自相矛盾的結論呢？

批判的怒火，有時候就是會掩蓋辯證的理性。明明本來自己有理，卻在非此即彼、窮追猛打之中迷失了方向，最終難以自圓其說，只會自打嘴巴。

膚淺

懸置式詠物

植物的綻放與凋謝，吸引眼球，也啟發了人們無盡的創作衝動，有人愛好種花插花，有藝術家畫花花草草，也有文人雅士以詩詞詠植物，於是，也讓我們都讀到了不少詠植物的佳作名句。

舉例，元稹詠菊：「不是花中偏愛菊，此花開盡更無花」；李白詠松柏：「松柏本孤直，難為桃李顏」；崔道融詠梅花：「數萼初含雪，孤標畫本難」。

詩人詠物，旨在吟志。菊花代表了不畏凌寒的堅貞、松柏象徵了孤傲耿直的性情、梅花比喻了高尚清雅的人格。但，我又想，假如詠物，而不吟志，那又會是怎樣的一種賞物呢？

又說，我們可否只欣賞植物的美，而暫時忘記其背後的真象、聯想、感悟呢？或許，王安石勉強做到了這樣的賞花，才會在〈詠石榴花〉寫道：「濃綠萬枝紅一點，動人春色不須多。」春色不須多，有時，思考也不須過多。

思考本質，是知識分子的普遍執著，所以，康德才會強調「現象」之重要，提到人類所處的世界是以現象組成，而德國哲學家胡塞爾（Edmund Husserl），更加將這想法推而廣之，形成了「現象學」。

胡塞爾指，人應以仔細觀察日常事物作為體驗世界的方法，他更以古希臘文的「懸置」（epoché）一詞來表示人們應擱置追求「什麼是真實？」這根本不能解答的問題。

有人會問，這樣著眼於表象的人生態度是否很膚淺呢？膚淺的動作，也可以有深刻的態度，就像沙特的小說《嘔吐》（*La Nausée*）的主角，他在公園的長椅上，坐了下來，盯著一棵樹看，只是看，卻是一直看。這樣的「一直看」，是深刻地看。

沉浸於當下，就是懸置，暫時忘卻了無法解難的現實或真相，卻體驗著眼前的一切。如此一來，我們也不妨嘗試一次「懸置式詠物」的初級練習：找一個在你眼前的物體，盯著看十五分鐘，然後以各種方式體驗它，你可以拿起它仔細看、聞一聞它，或以臉頰感受它，以此詠物。

歷史感

穿越歷史的凝視

在《古文觀止》裡，有一些文章是我們從小習來、耳熟能詳的，例如唐人李華所著的〈弔古戰場文〉。文章的主旨是傷弔戰爭犧牲之慘烈，教人反省戰爭的苦與禍。

李華看見「浩浩乎平沙無垠，夐不見人。河水縈帶，羣山糾紛。黯兮慘悴，風悲日曛。蓬斷草枯，凜若霜晨。鳥飛不下，獸鋌亡群」，而亭長告訴他：「此古戰場也。」身在古戰場，李華卻有穿越歷史的凝視，不但描述了戰爭的淒涼可怖，說到「屍填巨港之岸，血滿長城之窟。無貴無賤，同為枯骨」，也說到戰爭的不幸循環邏輯，「降矣哉，終身夷狄！戰矣哉，骨暴沙礫！」，既不能降，又不能敗，只要戰爭開始了，最終結果必然是「枕骸遍野，功不補患」。

李華感嘆：「時耶命耶？從古如斯。為之奈何？」

深受儒家王道思想教育的李華，固然相信《論語》所言：「遠人不服，則修文德以來之」，故他也以「守在四夷」來解答「為之奈何」的自問自答。

早在春秋時期，已有「古者天子，守在四夷」的說法，其後在兩漢時期，形成了一種治邊思想，即以施行仁政，使夷狄歸服，好替天子守護四方邊境，乃是避免戰爭之舉。

對於戰爭的反思，從古有之，中外有之。在西方，早於公元四世紀，哲學家奧古斯丁（Aurelius Augustinus）彷彿看穿了人類戰爭之不可避免，提出了戰爭倫理的說法。這說法慢慢構成了之後「正義戰爭論」的兩大原則：「進入戰爭的權利」與「戰爭中的正義」。

簡言之，開戰必須是為了實現正義的最後手段，而過程中也必須維護正義。但，紙上談兵，在戰爭中的正義是否能夠說得清楚，做到分明呢？哪怕到了近代，我們不也是見到美軍於越戰時過度使用橙劑和凝固汽油彈而造成大量無辜平民死傷的人類慘劇嗎？

我們不禁發出與李華相同的提問：這是時世，還是命運？從古到今都是這樣，為之奈何？

激情

找適當的地方發洩

運動，大家都說它有益，但究竟是怎樣的一種有益呢？運動可以強健體魄、促進新陳代謝、舒展身心、有助社交生活。這些都是常識，而我想，在此之外，運動更是讓人安全而有效發洩多餘能量與激情的方法。

我們常常聽到有人說：「只要讓我跑步數公里，出一身汗，心情自然會好起來。」這固然有其生物上的原因，但也內含了一種哲理。

十六世紀法國哲學家蒙田寫道，人是激情的動物，會將內心的感受宣洩到這個世界。激情與感受，有正向有負面，一旦人無法透過適當方法宣洩之，就會「欺騙」自己，然後「創造一個虛幻的主體」，對其盡情發洩，這主體可以是某人、某物，甚至是自己。簡單來說，這就是我們生氣時，遷怒局外的某人、亂砸無辜的鍵盤，又或自己怪責自己的行為。

蒙田認為，我們需要學會處理激情的走向，而其中一個方法是「瞄準某個目標，然後對它發洩」。我們可以瞄準一個工作計劃，將多餘的精力與情緒傾瀉其中，也可以瞄準一項喜好或運動，將激情投入。

說到瞄準與投入，不期然想起古人的投壺。投壺是古人的一種投擲運動，基本玩法是在地面上放一個細身小口的高身壺，然後參與者在一定距離外向壺內投箭，並以投中多少和位置定勝負。

投壺，既是運動，又是社交禮儀，多在宴飲時玩，於戰國時流行，而到了唐宋時期，更是普及的全民運動，普及到連司馬光也曾寫了一部《投壺新格》，總結和確立投壺的規則。

宋人王闢之寫道：「司馬溫公既居洛，每對客賦詩、談文，或投壺以娛賓。公以舊格不合禮意，更定新格。」這也說明了司馬光何以如此重視投壺，因為投壺既是運動，又是社交，而且必須合禮。

為了身心健康，我們可以參考蒙田的提醒，找適當的地方發洩激情，但在發洩的同時，還是不要忘了司馬光的教導：合禮而投入。

豁達

可憐身是眼中人

塵世間有千千萬萬句快餐式的安慰語，如「我是明白你感受的」、「不要氣餒，再接再厲」、「你不要不開心」等等等等，十居其九都起不了安慰的作用，有時甚至可以令需要安慰的人聽來火大，例如聽到一句：「你豁達一點吧！」

生氣，因為聽不明白。什麼是豁達？豁達是可以像煤氣爐一般調校的嗎？那麼，「豁達一點」與「十分豁達」的差別，又是什麼呢？

有說，豁達是一種寬容，是一種樂觀，是一種大度。這聽起來，是沒錯的，但仔細一想，又像回到起初的問題：那麼，究竟什麼是豁達呢？又或換一個角度提問：怎樣才可以做到豁達呢？

我想，豁達之所以是寬容、樂觀、大度，因為豁達的人看透了世事的本相，而所謂本相，即像《哈姆雷特》（*Hamlet*）的著名對白：「世事本無善惡之分，思想使然。」

豁達的人，不容易動怒，因為他們看到了事物本無好壞，也無情緒；豁達的人，不容易與人爭吵，因為他看到了現實同時存在的正反對錯；豁達的人，不容易失望，因為他看到了人生起起落落的循環不息。

如此這般的豁達，與斯多葛主義的信念一致：世界沒有任何東西本身是好是壞，它們都是客觀現實，而只有作為主體的「我」將客觀現實看成是好，或是壞。

或許，豁達就是一種視點的距離。當距離夠遠，我們自然看得更闊，本來置於眼前執著的一事一物一人，也隨之變得更微更小，而人，自然變得豁達。這就像國學大師王國維寫道：「試上高峰窺皓月，偶開天眼覷紅塵。」

當我們登上峰頂，偶然放眼一望，便看清了塵世間的一切。這樣的視角，就是豁達。但，大家卻不可不記得這份詞的下一句，王國維寫道：「可憐身是眼中人。」

我們可以明白豁達的智慧，卻不一定能夠無時無刻都做到豁達的人生，在這些時候，不用怪責自己不夠豁達，因為當我們的視點夠遠，更能看清楚自己離不開紅塵的現實，而既然我們都是塵世間的人，執著也是平常事。

懷舊

改變與永恆

變幻，是哲學的一個大課題，而在西方傳統，以柏拉圖為首的哲學家往往鄙視變化多端的物質世界，並嘗試尋找與辯證「純粹且永恆，不朽也不變」的「終極實在」（ultimate reality）。

於是，我們都聽過這樣的說法：世界上有千千萬萬個模樣的馬，但無論是不同時期、不同血統、不同品種的馬，均來自於「理型世界」的一隻馬，乃是永恆不變、終極實在的一隻馬。

這哲學觀影響了西方哲學很多很多年，直至十二世紀初有了一派明顯的反對聲音。被稱為「歷程哲學」（process philosophy）奠基人的英國哲學家阿佛列·懷德海（Alfred North Whitehead）強調萬物變化的本質。他的名言是「萬事萬物並非連續地變化（continuity of becoming），而是變化接連出現（becoming of continuity）。」

不過，這般看似深奧的理論，早於大概成書於西周的《易經》便已提到。說到「改變」這課題，而又是大眾都讀得明白的文本，首推清代文學家周容創作的一篇〈芋老人傳〉。

話說，有一位住在渡口的老先生，有日見「有書生避雨簷下，衣濕袖單，影乃益瘦」，便請他進屋子裡坐坐，一問之下，知道書生剛參加秀才考試回來。兩人相談甚歡，老先生便叫妻子煮了芋頭給書生吃。書生吃飽了，笑曰：「他日不忘老人芋也。」

十數年過去，當日的書生已成為了相國，卻念念不忘「祝渡老人之芋之香而甘也」，於是派人去接過老先生與妻子，並請他們再煮芋頭給自己吃。豈料他只是吃了幾口，便放下筷子說道：「怎麼沒有以前那芋頭的香甜呢？」

老先生回答：「猶是芋也，而向之香且甘者，非調和之有異」，即芋頭還是以前的芋頭，煮的人和煮的工夫也沒有變，只是「時、位之移人也」。以前那個又累又餓的書生，當然吃到芋頭的香甜，而如今吃盡珍饈的相國，又豈能再嚐到那一種過去了的滋味呢？

有時，當人長大了，即變了，品味、喜好也不能不變，唯願美好的過去一直不朽於回憶。

覺醒

女性的自主

正如我們之前討論過，哲學家的戀愛與婚姻，往往沒有什麼好下場。不過，凡事都有例外，例如十九世紀的約翰・史都華・密爾和妻子哈麗雅特・泰勒・密爾（Harriet Taylor Mill）這一對。

在他們初識時，哈麗雅特還是已婚人士，但及後與丈夫分居，並與密爾保持柏拉圖式的關係。後來，哈麗雅特的第一任丈夫過世，兩年後，哈麗雅特與密爾才正式結為夫妻。在這個時候，他們不僅是戀愛與婚姻關係的一對，更是知識與價值觀上的一對。

舉例，哈麗雅特成功說服了密爾明白「生產法則」與「分配法則」之別，讓他理解就算前者是固定結構，後者也可以透過意志而改變。最終，密爾將哈麗雅特的想法，（在她的同意下）寫入《政治經濟學原理》（*Principles of Political Economy*）。

根據密爾的自傳，他本想在致謝詞中感謝哈麗雅特的功勞，但因為她並不想受到大眾關注（當時，她的第一任丈夫還在世），所以密爾只好接受了哈麗雅特的婉拒。但，在《論自由》（*On Liberty*）一書，密爾終於可以在獻詞寫下：

她是我的啟發者，也是本書的部分作者，她是我寫作中最好的一部分；她是我的朋友、我的妻子⋯⋯沒有她無以倫比的智慧的敦促與協助，我不可能寫出任何東西。

那是一八五九年，也是哈麗雅特病逝的一年之後。在此，我們可以看到一段關係之可以穩固與成功，除了有愛，更要有互相的尊重、欣賞，以至賦予對方適當的自主與空間。你以為這只是西方才有的例子嗎？

話說，在東漢桓帝時期，有一名官員叫秦嘉，他奉命要到京城洛陽，於是寫信給正在娘家養病的妻子徐淑，希望她陪同赴京。然而，徐淑久病未癒，不願前行，寫了一封家書回覆：「身非形影，何得動而輒俱？體非比目，何得同而不離？」

徐淑的意思是：「兩個人並非形體與影子，動作怎可能一模一樣？兩個人也非比目魚，又怎可能無時無刻在一起呢？」在我看來，女性主義的意識，實在不只是西方的產物。

驕傲

擁有什麼，又不曾擁有什麼？

人世間充滿了各種是非對錯，有法律上的、道德上的，又或是信仰上的罪。有些過錯，可能因地而異，存有文化與制度之別，但有一些罪，卻像是普遍的、公認的，甚至是不同宗教都在警告信徒的，例如：不要驕傲。

驕傲，何以成罪呢？驕傲，本來是我們克服了某個障礙、困難或指標之後的突然增長之自我認同感，但當驕傲感太多太滿，便成了傲慢，叫人看不見自己的弱點，看不見事實的狀況。

諾貝爾文學獎得主艾莉絲・孟若（Alice Munro）曾寫了一篇名為〈驕傲〉的短篇小說，故事主角有兔唇，而他的一位朋友有次隨口建議說：「其實，你動個小手術就可以修補兔唇。」

朋友的提議叫主角憤怒非常。他不肯定朋友是否傲慢，但他肯定的是「我要如何解釋，我就是沒辦法走進診所，承認我希望得到我不曾擁有的東西？」

孟若的故事一針見血，指出了驕傲的一體兩面，它既可以來自於勝出或擁有，也可以源於無法承受自身的不足與缺失，即「不曾擁有的」。那麼，我們可以怎樣超然於驕傲呢？

話說，在北宋仁宗嘉祐八年，二十多歲的蘇軾到了鳳翔擔任簽判。上司命他為一座新築成於終南山山巔的「凌虛臺」作記，而他便寫了一篇〈凌虛臺記〉。

在文中，蘇軾寫下了凌虛臺的修建緣起、經過、周遭的地形環境，以至其看上去像是凌空憑虛而得名之由來。但，蘇軾又寫道：「物之廢興成毀，不可得而知也。昔者荒草野田，霜露之所蒙翳，狐虺之所竄伏；方是時，豈知有凌虛臺邪？廢興成毀，相尋於無窮。則臺之復為荒草野田，皆不可知也。」

言下之意，蘇軾認為，在修建凌虛臺之前，這不過是一片荒蕪，而即使現在修建了這座凌虛臺，但始終一日也會化為烏有，回復到從前的荒涼。說來說去，蘇軾就是要指出：人不應該因為擁有一事或一物而驕傲，而他的上司更不應該因凌虛臺之修建而過度興奮。

但，我又想：蘇軾對驕傲的反思，又是否出自於他的驕傲呢？

蝸牛角上問古人

米哈　著

責任編輯
羅文懿
書籍設計
姚國豪

出版
P. PLUS LIMITED
香港北角英皇道四九九號
北角工業大廈二十樓
20/F., North Point Industrial Building,
499 King's Road, North Point, Hong Kong

香港發行
香港聯合書刊物流有限公司
香港新界荃灣德士古道二二〇至
二四八號十六樓

印刷
美雅印刷製本有限公司
香港九龍觀塘榮業街六號四樓A室

版次
二〇二五年一月香港第一版第一次印刷

規格
三十二開（128mm × 185mm）
三〇四面

國際書號
ISBN 978-962-04-5576-6